"青春文学人才计划"作家作品

四重奏

曹　寇　赵志明　郑　朋　朱庆和　著

南京出版传媒集团
南京出版社

图书在版编目（CIP）数据

四重奏 / 曹寇等著. -- 南京：南京出版社，
2019.1

ISBN 978-7-5533-2481-4

Ⅰ.①四… Ⅱ.①曹… Ⅲ.①短篇小说—小说集—中国—当代 Ⅳ.①I247.7

中国版本图书馆CIP数据核字(2019)第004672号

书　　名：四重奏
作　　者：曹　寇　赵志明　郑　朋　朱庆和
出版发行：南京出版传媒集团
　　　　　南 京 出 版 社
　　社址：南京市太平门街53号　　　　邮编：210016
　　网址：http://www.njcbs.cn　　　　电子信箱：njcbs1988@163.com
　　天猫1店：https://njcbcmjtts.tmall.com　天猫2店：https://nanjingchubanshets.tmall.com
　　联系电话：025-83283893、83283864（营销）　025-83112257（编务）

出 版 人：项晓宁
出 品 人：卢海鸣
策 划 人：李　槠
责任编辑：严行健
装帧设计：吴　倩
责任印制：杨福彬

印　　刷：南京新世纪联盟印务有限公司
开　　本：710毫米×1000毫米　1/32
印　　张：7
字　　数：134千字
版　　次：2019年1月第1版
印　　次：2019年1月第1次印刷
书　　号：ISBN 978-7-5533-2481-4
定　　价：52.80元

营销分类：文学　小说

天猫1店

天猫2店

目录

CONTENTS

曹寇

本名赵昌西，1977年生于南京。南京市"青春文学人才计划"签约小说家，先后毕业于南京晓庄学院和南京大学中文系作家班。当过教师、编辑、媒体签约作家。著有小说集《在县城》《金链汉子之歌》等。

母　亲

1

星期三的晚上，我接到一个陌生电话，当时我正在北京一个酒局上喝得昏天黑地。这个电话虽然没有像影视桥段中夸张的那样让我立即从酒精中清醒过来，但确实叫我吃惊不小。为此我还暂且从酒局中脱身，找了一个所谓僻静的地方。而这个僻静之所无疑正是饭馆厕所里的蹲坑隔间。也就是说，对方不仅能在话筒中听到我的声音，也许也能听到如厕人士的说话声、呕吐声、排泄声，以及抽水箱那一声声巨吼。不过，诚如厕所蹲坑隔间发明者的初衷那样，这确实是一个私密空间，使我们看上去每个人都有点隐私。

电话那头是一个嗲声嗲气的女人的声音。这不表明她是一个年轻女人，恰恰相反（如果我没有记错的话），这个自我介绍为"刘女士"的人，她应该五十多岁了。嗲声嗲气只是她的音色和说话方式，这在十年前就是这样。十年前，刘女士四十多岁，当时即已离异多年，但女儿蒋婷跟着她，当时蒋婷已经二十出头了，正在南京读大学。蒋婷和我巧遇于某张酒桌，然后我和她成了男女朋友。因为来自单亲家庭，蒋婷像很多同类女孩那样并不留恋自己的家庭和户口所在城市。据她自己说，我对她不错，她希望留在南京，毕业后找一份工作，也可以应我的要求与我结婚。要知道当年我正在婚龄的黄金阶段，无论从世俗舆论、个人愿望还是情感浓度上看，我都没有不想和蒋婷结婚的道理。因此，出于某种谈婚论嫁的秩序或规则，我和蒋婷去拜望过她的妈妈，也就是这位刘女士。当年年底，刘女士还曾应邀到南京我的家中和我们一起过了年，受到了我的亲友们的热烈欢迎。但是，过完年，刘女士离开南京不久之后，我就和蒋婷分了手。从此再无任何联系。一晃十年过去了。

至于她现在为什么自称"刘女士"，我也不懂。

刘女士说，她现在正在南京出差，待两天，希望能和我见一次，聊聊。我只好在说话声、呕吐声、排泄声，以及抽水箱那一声声巨吼的间歇中告诉她，我现在北京，要到后天才能回去。这不算谎言，虽然我还没预定好后天返回南京的高铁票，虽然我在北京并没有非得要挨熬到后天的非做不可的重要事情，但她既然说待两天，我选择后天回去，正好她也走了。我确实想不出和她有什么非见不可的理由。我甚至想不出她的模样了，是那个穿着正式、烫着头的中年女人？包括她的女儿，我也陡然感到面目模糊了起来。真是遗憾，十年过去了，我已经很少会想起这对母女了。

她显然没有想到这一点，在电话中，刘女士有点为难的样子。不过，她很快做出了一个决定，就是在南京多待一天。"我马上就去酒店前台办一下，加一天。好吗？"她这话让我有点过意不去。尤其是我还想到了她之前说如何打探到我的手机号码的事。我们不可能会互相保留十年前的手机号码。这十年正是手机及号码不断更新换代的时代，就算保留，号码很容易失效不说，在技术上也很困难。把一个号码用到十年以上的人并不多。不过，这里我倒可以卖个乖，我的号码就用了十年以上。这说明，她的手机中早已没有了我的号码，相信她的女儿也是。

　　她是这样找到我的手机号码的：虽然她十年前来过我家，但后来我搬家了，所以没有直接上门。不过，十年前我在城北郊区一所地理位置很特别的中学教书，便于记忆，所以她赶往了那里。最近几年，那一带刚刚开发，到处都是工地，治安混乱，尘土飞扬。她锃亮的尖头小皮鞋一定踩着了当地的污水，她那身行头和打扮很容易被聚集在小卖部门口打牌下棋的老头注视一番。飘扬在空中的塑料袋还可能一个俯冲盖住了她勤于修刮的略显蜡黄的脸，让她非常愤怒地用两根指尖将它掀起、甩开。她很容易地就找到了我工作过的那所学校，但因为我早已离开（八年前），教职员工花名册上不再有我的姓名和联系方式，也没有曾经的同事与我还保持联络，最要命的是看门大爷已非当年那位（年的说不定已经死了呢），后者并不愿意让这样一个操持着北方口音的中老年女人擅闯大门。另外，我不知道她是如何向我的前同事们介绍我和她的关系的。朋友？前女友的妈妈？亲戚？无论是哪一种，我都觉得足够幽默。神奇之处在于，正好我一个初中同学经过了校门。这位同学初中毕业就到社会上混了，结婚很早，他的孩子已经在这所学校就读了，幸运的是我已经离开了这所学校，否则我的初中同学很可能会成为我的学生家长之一。按理说，初中毕业后我也不可能和这位初中同学会有什么来往。巧合在于，不久前曾有过同学聚会，也是我参加过的唯一一次。我记得我的出现曾在同学聚会上造成了一个小小的涟漪，大家纷纷指责我"忘本"，居然那么多次聚会都没有出现过。但既然来了，就好。很快，这个涟漪就被波涛汹涌的敬酒和拼酒活动替代了。大概正是在觥筹交错之中，我们彼此礼节性地留下了对方的号码。然后像命中注定的那样落到了刘女士的手中。她不虚此行。她回到酒店，迅速换下被城北地段漫天灰尘污染的脏衣服，洗了个澡，还给自己贴了个面膜，这才在台灯橘黄色光线的照耀下拨通了我的电话。

所以，我从厕所返回酒桌之后，就和身边一位朋友说："明天我就回南京。""怎么了？"他很吃惊地问。我说："家里有事。"然后重新投入酒席。我对当天的记忆到此为止。如果说还有什么的话，我记得和刘女士通完电话后我曾习惯性地拉了一下抽水箱的绳子，这可能与我当时蹲在坑上打电话有关。但我就是蹲着，并没有露出屁股。另外，我说"家里有事"这句话的准确性也让我十分怀疑和懊悔。我喝多了，第二天起来非常难受。但我还是咬着牙爬上了返回南京的高铁。

2

时间太久了，我似乎已经不太记得和蒋婷在一起的日子了，但也没如我想象的那样全忘。我们是在酒桌上相遇的，结束后，我提议要不要再喝点。她没有像女大学生习惯性地那样申述次日还有课什么的，和我走了。我们在一家烧烤摊喝。一人要了一瓶小二。聊什么了，完全不记得。但可以肯定的是，我们都很高兴，因为我们后来又一人要了一瓶小二。次日醒来，她就躺在我身边，我们连衣服都没有脱，也没有盖被子，而是并排躺在被子上，在我的家里。头发遮盖了她大半个脸，我用手拨开那些头发，吻了她一下，她醒了，没有吃惊，更无尖叫，而是对我无声地一笑，露出了她并不整齐也不雪白的牙。

她的父母在她八岁的时候就离婚了。她跟妈妈。但她妈妈长年在外，北京、石家庄、济南什么的，当过幼儿园阿姨、保险推销员、公司文职人员等等。蒋婷被放在山东聊城乡下，在姥姥家。姥姥对她最大的希望就是外孙女长大了不要像她的女儿那样跟人结婚又离婚。姥姥不仅觉得这是一件丢人的事，关键是孩子太可怜了，没有爹，也几乎没有妈。她一说这些，就会眼眶发红，抹泪不止。姥姥给蒋婷做吃的，做各种好吃的。蒋婷总是强调它们的好吃程度。这是一种记忆使然，并不真实，这是蒋婷自己说的，她知道这一点。舅舅们不喜欢她，蒋婷也不喜欢舅舅们。在蒋婷十五岁的时候，姥姥死了。蒋婷的妈妈将她接到了济南。蒋婷也见过几次爸爸。爸爸在广东，一个干瘦男人。爸爸在那里又娶了老婆生了孩子。她在爸爸家生活过一个暑假，她不喜欢广东湿热的天气，她也不喜欢穿裙子。但她喜欢爸爸，爸爸不爱说话，甚至有什么事，也不说话，只拿眼睛看看她。她的爸爸会打骂训斥他和后妻生的孩子。她知道他并不把她当自己的孩子那样对待，爸爸只是一个有血缘关系的陌生人而已。但她还是喜欢爸爸，听爸爸的话。考南京的大学就是爸爸的意愿，他年轻时候考过，但没考上。

蒋婷也不是不喜欢妈妈，只是始终没有找到跟妈妈怎么相处的办法。妈妈严厉起来让她惧怕，各种要求特别多，比如蒋婷对裙子的厌恶就和妈妈有关。后者总是爱买一些时髦而又廉价的裙子让她穿。穿出去倒也没什么，没听到有什么人笑话她。但因为源自妈妈的强迫，她确实觉得那些裙子穿在自己身上很别扭很丑。高中的时候，蒋婷叛逆了两年。跟男同学谈恋爱，学会了抽烟喝酒，和老师和妈妈吵架。有一天妈妈动手打了她，她居然反击了。她第一次发现妈妈原来比自己矮小，也没自己力气大。她吓坏了，但她不可能向妈妈道歉，而是在自己房间哭了很长时间，她很伤心。

妈妈在那些年也频繁地谈过几次恋爱，有过另一段短暂的婚姻，嫁给了一个姓王的叔叔。这段婚姻让蒋婷和妈妈的关系蒙上了一层阴影，那就是王叔叔有个十八九岁的儿子，他企图强奸蒋婷。虽然此事以妈妈与王叔叔果断离婚而结束，但对蒋婷造成的伤害，已经无从弥合。这种伤害不在于强奸企图和强奸本身，问题是，妈妈这种动荡不安的生活突然让女儿的感觉很糟。她进而想到，一切的不幸似乎都是妈妈带来的。同学们的讥笑，舅舅们的冷酷，在蒋婷看来，甚至姥姥的死也与妈妈脱不了干系。据说正是因为妈妈跟一个有妇之夫谈恋爱，对方妻子没有找到妈妈，但找到了姥姥。姥姥羞愤难当，以中风抗议自己不堪的晚年，不久就死了。

认识不超过半个月吧，蒋婷就从学校宿舍直接搬到了我家。她的东西比我想象得要多，我不得不将两门橱换成四门橱。她还让我知道洗发水、沐浴露、牙膏什么的，除了超市货架上那些，还有别的。她将我的家布置一新，桌子开始习惯了台布，窗台也享受了绿植。更关键的是，当我步履沉重地下班回来，老远就能看到自家的炊烟（假设烟囱以虚线方式存在于我们的单元房外）。她已有的生活经历当然决定了她不会做饭，但这对她来说并不困难，网络和烹调图书很快就使她成为一名巧妇。并非由于贫困的经验（虽然蒋婷家庭破碎，但她自幼并不缺钱），而是考虑到我的收入有限，蒋婷在购物方面也做到了货比三家、价廉物美。随着学校里的课越来越少，她也懒得出门，偶尔跟同学聚会还会将我拉上。收拾屋子洗衣做饭，一切停当，蒋婷会坐在阳台一角玩电脑或看书。

我的亲友显然被蒋婷感动了。他们一方面觉得这是我的福气替我高兴，另一方面他们甚至妒忌这一点。这小子凭什么这么好的运气？在他们的眼中，之前那些年我恋爱、相亲没有一次成功的劣迹已经宣告我是朋友圈和这个家中的一个老大难问题。蒋婷的飘然而至，彻底粉碎了他们的自以为是。这甚至让他们在谈房价和股票的间歇还谈到了一些事关缘分和命运的话题。唯一让他们感到忧虑的是，蒋婷还是个学生，年龄比我小将近十岁。毕业工作后的蒋婷是否会有变化？谁也拿不准。而我唯一和必须做的，就是降低这一变化的系数，而降低变化系数的最有效的行动就是结婚。婚姻的道德和法律的制高点势必将是烛照婚外情等黑暗行径的道义明灯。现在迫切的问题是，我必须得到蒋婷妈妈的认可，同时尽快促成双方长辈的见面。

3

也就是说，我比电话中跟刘女士说的提前一天回到了南京。这点她并不知道。但李芫知道，李芫是我的老婆。后者在电话里问我："你打算怎么办？"我说："这不存在怎么办的问题吧，刘女士跑来找我，想见一见，就见一见呗。"她说："你之前不是说你要在北京多待几天的吗？"我说："是，但现在我改主意了行吗？"她说："哦，我懂的。"

这是在高铁上我们彼此发的短信。刚下高铁，她如我所料地打来了电话。我理解为这是一种妻子的本能。本能包括她首先希望我在她的"视线"之内，其次，我们是一家人，理应勤俭持家，为了节省漫游费，在我一脚踏入南京本地后才打电话，可谓恰到好处。

李芫："怎么讲？"

我："什么怎么讲？"

李芫："你现在去见她？"

我："我疯了吗？我先回家。"

李芃："那晚上呢？"

我："晚上我也在家啊。"

李芃："不跟她见？"

我："明天吧。"

李芃："哦，好，我知道了。"

这样的交谈过于吃力，让人感到不舒服。我想挂掉电话，但我还是控制住自己的情绪，补了一句："你什么时候下班到家？"

她反问："你说呢？"挂掉了电话。

李芃的反问当然也是一种情绪。我既可以理解为她是在指责我明知故问（她下班了当然要回家），也宣示着某种不确定因素。也就是她可能一气之下不回了。她是一个喜欢回娘家的老婆，这在以前时有发生。当然，这也和我们的孩子壮壮长期在外婆家有关。李芃的工作较忙，而我因为在家工作，不要说带壮壮，家里有人走动都会扰乱我的思路。恰巧李芃的妈妈刚刚退休，无所事事，而且喜欢自己的外孙，心甘情愿地带。不过，她要求外孙不叫她外婆，而是叫奶奶。壮壮也便有了两个奶奶，两个奶奶便有了竞争关系。如果壮壮被另一个奶奶（我的母亲）接走了，这个奶奶就会心神不宁，担心壮壮与另一个奶奶的关系超过她的。关于这一点，也正是我母亲对我失望的地方。她何尝不想多和自己的亲孙子多相处相处，而李芃显然是站在自己母亲一边的。婆媳之间与生俱来的不和因此加剧了。我作为夹在这对婆媳之间的儿子或丈夫，完全无能为力。我的位置一旦倾斜于某方，就会遭受反方向的眼泪、咒骂和负气而走。不过，现在这事还不至于让李芫到那一步。另外，以我对她的了解，她晚上肯定会回来，认真与我翻来覆去地谈论此事，并还会面授种种。

回到家，如我所料的那样，地板上已经蒙了一层灰尘，冰箱里空空如也。唯一让我感到意外的是，因为有段时间没人居住，进屋之后我居然能闻到家具和墙壁向我散发的气味。但这不重要。放下行李后，我就忙活开了。因为不用上班，结婚以来，家务都归我。我出门，李芫就回娘家。这并非是我对李芫的抱怨，我毫无怨言。她的履历没有让她有过操持家务的必要，她繁忙的工作也限制了她一度有志于此的尝试努力。这既算是我们之间的约定俗成，也算是合情合理的家庭分工。

我记得蒋婷从我家搬走后，我一度还很不适应。阳台上的绿植因无人照料，渐渐枯萎。最后只剩下了一盆仙人球。但搬家的时候（已和李芫恋爱），我蓄意地放弃了它。还有墙上的几块污渍，那是蒋婷在和我发生争执时顺手操起茶杯砸的，如果我没记错的话，她当时喝的是速溶咖啡。此外，蒋婷刚刚搬走那段时间，我经常迟迟不能入睡，我总是会不自觉地听楼道里的脚步声。蒋婷的脚步声我能听出来。然后是她开门进来，在换鞋垫上，她会站一会儿，叹一口气，这才换上拖鞋进卧室。如果发现我睡了，她会蹲在床边看我一会儿，在我的唇上吻一下，然后我就醒了，回吻她。但我真的再也没有听到过她的脚步声。这不仅早已过去，而且我早已搬了家。在收拾屋子、做饭的整个过程中，我并没有过多地想到刘女士和蒋婷。她们和我婚前的那个房子有点关系，但在这个房子里没有她们的任何痕迹。

李芄并没有一到家就跟我开始谈论蒋婷和刘女士。在我们共同生活的这些年里，她对我的过往已经很了解了。她知道蒋婷是谁。如果她想知道刘女士为什么要来找我跟我聊一聊的话，我也无可奉告，这不还没见还没聊嘛。这或许说明李芄还是理智的，也有其应有的聪明。她问了问我这段时间在北京的情况，我以实相告。我则不得不表示关心一下我们的儿子，她说有奶奶（外婆）难道我还用得着操心？说的也是。我确实从来没有操心过自己的儿子。总之，气氛有点僵。睡到一起后，这种僵硬才缓和了下来。

李芄："明天，你跟她怎么见？"

我："她说想来我家。"

李芄："你答应了？"

我："如果你不同意，我就叫她别来。"

李芄："我干吗不同意，我还想看看她什么人呢。"

我："另外，她还提到想看看我妈。"

李芄："就是说你妈也来？"

我："要不你把你妈也喊来？"

李芄："去你的。"

然后李芄想了想，说："那明天把壮壮接回来。"

4

既然女儿反复说明不喜欢自己的妈妈，出于某种势利，和蒋婷前往济南看望刘女士那次，说成不当回事显得过了，也不符合我的性格，但确实准备得不够充分。见面礼只是百货商店买的几样南京特产，牛皮糖和桃酥之类的。后来据说，我的穿着也很让刘女士失望。总之，我的态度确实与在火车站等候多时的刘女士的热情难以匹配。

当时已是深秋，济南的深秋比南京要冷得多。穿着缀有花朵的高跟鞋、玫红色呢子大衣、头发刚刚烫过高高耸起的刘女士被车站附近的冷风吹得不断擤鼻涕。我们出站看到她时，她就正在用手帕擦鼻子。即便是十年前，使用手帕的人已经不多了。所以无论是穿着和做派，刘女士给我的第一印象确实是一个过时的女人。她将脑袋向后偏去，用一种身高比我高一个头的眼神打量我（事实上她没有我高），也让我对自己的判断力感到自信。简言之，她很县城，很土。她唯一让我欣赏的是她沙哑的嗓音，不过事后证明，这只是当时她在风口被吹感冒了的缘故。她的嗓音比女儿娇气，比女儿嗲。老实说，刘女士只比我大十来岁。我不免想起自己中学时暗恋过的与刘女士年龄相等的英语女教师。那是一个性感的女老师，尤其当你答对她的问题时她报以微笑和Yes的一连串神情和动作。毕业多年，我实在难以想象我的英语老师会成为刘女士这样。

我们在她的家里安顿了下来，两室一厅一厨一卫的单元房。虽然我能明确地感受到屋子刚刚整理打扫过，但仍然可见脏乱的实质。比如茶几上还残留着抹布草率抹过而留下的一个弧形灰尘形状。比如角落里一些类似瓜皮果屑的东西。比如原本可能胡乱摆放在沙发上的脏衣服，此时无非在她卧室里的衣橱中摆放着，因为她只是将它们攒成了一个硕大的不规则布球，那些衣服始终想滚出来，所以，衣橱门费力地虚掩着，倒像里面藏有一个偷窥者。她家中真正让人觉得清爽的是厨房，虽然里面堆了不少纸箱、杂物，虽然灶台上落满了灰尘，但绝无各种瓶瓶罐罐，乃至在煤气灶和抽油烟机上，连烟熏火燎的痕迹都没有，与一个装修多年无人入住的房间相似。我们坐下不久，就出去找馆子吃饭了。其后几天，饭食都是如此解决。

　　可能与风俗有关，在济南的三天里，我都是睡在小房间的单人床上，母女二人则睡在大房间的双人床上。这是有意思的。也就是说，刘女士平时一个人也睡双人床，那是"她的床"，她岂会拱手让出？第二，虽然她明知自己的女儿早已和我同居，但她不愿意目睹女儿和我睡在一起。另外，如此安排也算合情合理，双人床两个人睡、单人床一个人睡，自古以来就是真理。只是每天睡前，蒋婷会在我的单人床上坐会儿，但开着门。刘女士不时会探头进来问女儿什么时候洗澡什么时候睡觉。如果刘女士在洗澡或干别的，我也对她的女儿做过爱抚和亲吻之类的动作，但因为时间有限，无法深入。这倒让我感觉不错。确实有一天下午，应该是第三天下午，刘女士出门要办点什么事，我和蒋婷发生关系。这让我们非常惊讶，也感到害羞。我们甚至没有看一眼对方，了事之后就迅速穿戴整齐，将双人床恢复原状，然后一本正经地双双坐在客厅沙发上看电视。此时，刘女士也适时返回。她的速度也快。

　　除了这些，就是我在这对母女的带领下游逛济南城，以便刘女士尽一尽地主之谊。刘女士热衷于比较。比如在大明湖，她会问南京有没有这样的湖？我应之以南京有玄武湖和莫愁湖，名气也不小。那么有像千佛山这样的地方吗？我说没有，不过南京有个栖霞寺，寺庙后面有几块绝壁，上面雕琢了不少大大小小的佛像。芙蓉街这样的老街区，南京当然也有，比如夫子庙嘛，都是卖低劣工艺品和假古董的地方呗。至于著名的趵突泉，南京确实没有，不过南京确实也有个旅游景点叫珍珠泉。汤山也有温泉，虽然没有趵突泉这么有文化气息，但据说蒋介石和宋美龄夫妇当年还是经常去泡澡的。刘女士显然对我的说话方式不太满意。她不得不向自己的女儿求证：是这样吗？蒋婷毫无兴致，说她不知道。蒋婷到底知道不知道南京这些名胜古迹我也不知道，我们没有一起去游玩过这些地方，其因在于我们都不喜欢去这种地方，我们愿意待在家里，侍弄绿植，洗衣做饭。

　　游逛了两天，虽然我什么也没说，蒋婷已经率先受不了了。也可能与此事无关，母女二人在第二个晚上发生了争吵。我在小房间里听到了隔壁沉闷而剧烈的说话声，但能听出她们是在控制自己，蓄意避免引起我的注意。我曾试图打听她们争吵的内容，蒋婷说与我无关，我便永远不得而知了。第三天，我们没有再游逛，就是待在屋子里看电视、聊天。也无非是她问我答。下午，刘女士速去速回了一趟，前文已述。没想到当晚，母女二人再次发生了更为剧烈的争吵。正在我关在小房间里手足无措之际，刘女士不经邀请推门而入，满脸泪痕地一屁股坐在我的单人床上。接着，她的女儿蒋婷也准时站在了门口。女儿看着母亲，母亲则将脸埋在两个青筋暴露的手掌和那条手帕中。她们都不说话。问也无济于事。不说话让我不知从何解劝。所以我只好作壁上观。

"小林，"刘女士终于擦干了眼泪，抬起一张因为啼哭和擦拭而红光满面的浮肿的脸对我说，"今晚，我睡这，你去大床跟她睡。"

"这……"我不得不吞吞吐吐起来，"这样不好吧，你们母女……"

"不碍你的事，你别管。"蒋婷打断我的话，甚至还用一只手稳住我，好像担心我听凭其母的安排马上就爬到隔壁那张大床上去似的，她说："我们收拾东西，马上走。"说着她又掉转身去了隔壁，听得出来，她在收拾东西。

刘女士这才站起来，然后在门口回过头跟我说话："小林，对不住了，让你不舒服了。她从小就不听话。唉。"

当然没有走。不过，蒋婷没有再和她妈妈睡一张床，而是和我挤在小床上凑合了一夜。因为拥挤，睡不好，次日起来，我俩都一脸菜色。

5

本来我们预计还要一起去蒋婷的乡下老家，她不止一次地说过，她那个村子与河北省仅一河之隔。那里北方的河，与南方很不一样。两岸没有很多植物，都是农田，河中也没有船只和渔夫。它就是一条河，单纯地由河床和河水组成，默默无闻，不舍昼夜，此外似乎没有其他任何意义。在这条河上，有一座水泥大桥可以将她送到她嫁到对岸河北的表姐家。舅舅们对她谈不上好，但表姐自幼带着她玩，一直对她不错。除了那些一望无际的玉米地、姥姥的坟头和表姐大概才能给她带来所谓老家的亲切感。不过，这些终归经不起推敲。它们过于戏剧化，过于电影化，并非生活的真相。真相是她连续两晚都和许久没见的妈妈仍然彼此憎恨（起码是表象上），发生了争吵。蒋婷决定直接返回南京。

说好了刘女士不用再送，但她还是跟到了车站。不是站台，而是候车大厅。她不能进来，如果进来，她需要买一张站台票。她就这么隔着候车大厅的玻璃墙跟着我们安检、验票，我们始终在她的视线之中。如果我们回头看她，她则满脸堆笑，并指手画脚，夸张地翻动嘴唇，似乎同时在向我们说唇语和哑语。她仍然穿着三天前接站时的行头。只是高高烫起的发型有所坍塌。我们（其实主要是我）不停地用手背向她的方向挥舞，示意她赶紧回去。但从另一个角度看，与撵她也无异。我注意到蒋婷终于掉了两滴泪。

我现在能确定的是，我并不了解蒋婷，或者没有彼此入心。比如时至今日我其实也不知道这对母女的矛盾具体是什么。蒋婷不爱谈论这些。她是一个沉默寡言的姑娘。我们之间的男女关系得以维系，我想这和我自己也是一个沉默寡言的人有关。在这个世界上，迄今为止，蒋婷是我唯一整天不需要讲话也不会觉得压抑窒息的人，反而觉得踏实和安全。我们各干各的，互不干涉，但又彼此认同，如胶似漆。这么说可能有点夸张。这么说吧，我们是十年前这个世界上一对相当安静的情侣。最后我们分手，或许也与安静被打破有关。

一大早我就给刘女士打了电话。我代表自己的全家邀请她来吃晚饭。她欣然答应了，出乎我意料的是，她并没有问到"全家"是个什么概念。她倒是喋喋不休地向我汇报，这几天她把南京很多名胜古迹都跑了。十年前到我家过年时去过的，有些地方她还重游了一遭。没去过的，比如总统府、中山陵什么的，她都觉得很好。她说南京真不愧是六朝古都啊，"确实不比济南差到哪儿"。那么，既然现在还是上午，而我约的是晚饭，她则需要马上去一趟栖霞寺。"就这么定？OK？"她说。我也只好OK。也就是说，这通电话看起来并不像她要来找我，更不像是为了见我特意多待了一天，而是，她很忙，忙着游山逛水，忙着举起自拍神器在某个景点大门门前搜寻一个自己的最适合最美的表情。晚饭到我家来，也看上去并非她的情愿和主动，而是受邀而已。我只是给她百忙的生活增添了另一忙。这一个忙对她来说谈不上重要，也谈不上拒绝。反正她透露出来的信息大致如此。

这倒也非我第一次领教。十年前，也就是我和蒋婷从济南回南京当年的年底，蒋婷不断接到刘女士的电话。蒋婷一如平常地刚开始并不愿意告诉我这些电话的内容，后来实在经不住其母的骚扰，才如实相告。鉴于蒋婷一般过年都不回家，刘女士敏锐地认识到女儿今年肯定会在我家过年，作为一名好些年没有和女儿一起过年的妈妈，刘女士想到我家来和我们一起过年。闻听此言，我没有立即表态。我一直不太擅长和别人相处，尤其在屋子里在家里与人相处。我和自己的母亲相处得也不算母慈子孝，大学毕业工作不久，我就搬出来自己过了。在蒋婷之前，当然也有过前女友曾在我家短暂地住过，大概正是因为同居，才让我难以忍受所谓的"二人世界"导致了不可避免的分手。而蒋婷，她之所以能跟我和平相处，前文已述。我毫无恶意地把自己的想法告诉了蒋婷。蒋婷表示理解，沉默良久。但刘女士的电话再次响了。蒋婷掐断不接。电话再次响起，然后任其歌唱。应该是一首流行歌曲吧，十年前蒋婷手机的铃声。这首掐头去尾的流行歌曲在我们之间反复唱响，始终不曾将全曲唱完，让我们非常难受。最后，我不得不像一个男人那样站起来，告诉蒋婷："接吧，告诉你妈，来吧。"

然后就是和十年后一样的风格。刘女士迟迟不告知启程日期，还在春运期间声称不急着买票（当时网络订票还不太容易）。蒋婷的意思，让她没来成也不错。但出于礼节（尤其是我家人获知这一情况后），我不得不亲自致电邀请再三。三请四邀后，刘女士姗姗来迟，在除夕下午才到了南京。当然，我和蒋婷前往车站迎接，我的母亲和姐姐、姐夫则在家里大烹大炒，准备着热情款待远客。在我母亲看来，善待准亲家母才是给我娶媳妇的标志和首要程序，她老人家看上去为此已经整整准备了一生。

如何和我母亲说刘女士十年之后再次造访这件事确实还挺费了我一顿脑筋。在她那里，刘女士母女早已是明日黄花，毫无记挂于心的必要。她现在耿耿于怀的是真正的亲家母（李芫的妈妈）夺走或削弱了本属于她的"奶奶权"，在此问题上和亲家母的明争暗斗才是生活中的核心事件，或许也是乐趣。让她深恶痛绝的是她的儿子还不能帮助她在斗争中占据上风。她形单影只，孤身作战，其悲壮在舞蹈结束后的广场上怎么说也说不完。这么一想，我认为曾经的准亲家母突然到来，或许她也未必不见。这样的听众要比广场上那些老大妈有效多了。这起码能让她在幻想中进行一番对比：如果远在济南的刘女士是她孙子的外婆该多好啊。

我显然低估了我妈的觉悟。她好不容易弄明白这件事后，突然在电话那头紧张了起来，首先质问我到底想干什么，"你是真傻还是假傻？你已经结婚了，也有了小孩，"她说，"日子过得挺正常的，这么个女人跑来想干什么？你根本就不应该见这个女人，更不应该搞到自己家里去。李芫呢？她知道？她知道归知道，但你不能这么做，你这是对你的家庭不负责任的表现你知道吗？此外，我这么做不仅对不起已有的家庭，而且你又给你老婆给你丈母娘抓了个把柄你知道吗？你又让我在她们面前理亏了一次你知道吗？儿子哎，你真是疯了。"

6

我的母亲对我的不满，还包括父亲死得早，所谓既当妈又当爹。也就是说她对我（包括我姐姐）付出的要比一般的母亲多。姐姐终归是别人家的人，这一逻辑也存在于母亲从来不认为自己是陈家人（娘家姓陈），而是林家人。不过，我的姐姐嫁出去后之所以能够获得她的好评，却又背离了这一逻辑，那就是姐姐勤于回娘家，给母亲和我带来了很多照顾和帮助。如果姐姐像她一样自绝于娘家，恐怕母亲的广场演说会更丰富磅礴。

母亲的愤恨集中在我的婚前和婚后。婚前，我始终没有结婚，这让她很焦灼。比如蒋婷这件事，一度让她血压升高卧床不起。她完全无法理解，一个姑娘已经到一个男人家住了，双方的家长也见了，怎么这事就黄了？这件事让她必须在床卧病一段时间，猛然置身广场，叫她如何和自己的老伙伴们解释呢？然后就是婚后，她不能和李芫和平相处，尤其是祖母权被亲家母悍然分割和夺取，特别让她失望。她号称"懒得"和李芫母女理论，但和亲生儿子我，她有必要声讨我的不孝，一把鼻涕一把泪地陈述自己的委屈，一如当年一把屎一把尿地把我抚养长大。

从另一角度来看，我的母亲毫无必要如此。诚如她的老伙伴安慰她的那样，乐得清闲。儿子不跟她住在一起，她独居三室一厅的大房子，每个月从国家那领取不算丢人的退休金。据说她在当知青的时候曾经是生产大队文艺骨干，除了唱歌跳舞，还会弹琴吹笛。早年，她还希望我姐姐能够延续她的兴趣爱好，斥巨资买了一架钢琴。可惜姐姐并非这块料，我显然也不是。换言之，如果她需要时间的话，那么她有大把的时间干自己喜欢干的事，她可以掀开蒙在钢琴上的布罩子，擦掉上面的灰尘，用满是皱纹的手在黑白琴键上敲出她喜欢的音符，我相信，这时候她的脑子里会像放电影一样再现她少女时代的列车、农田、灌溉渠、大队书记、树杈上的灰蓝色的高音喇叭、乡村夜晚的狗叫声……但她没有动过那台钢琴。当然，据说广场歌舞也有上述功效，而且是以集体的方式，她们过惯了集体生活。她们不擅长独自面对自己。她们对劳动的理解仍然与农业生产有关，就是要动，要出汗，要累得够呛，在抱怨中获得成就感。具体到她现在的年纪和身份，带孙子是实现这一成就感最合法最合乎天性的方式。可惜李芫的妈妈，我的岳母和她履历相似，所见略同。她们的矛盾实质，或许就是只有一个孙子或外孙。

在这一点上，如果刘女士是壮壮的外婆的话，确实可能不会与我的母亲形成上述对立。她还年轻，现在也不过五十来岁。十年前，她仍然还是一个待嫁的离异妇女。我母亲第一次与刘女士见到的那天，也就是十年前的除夕之夜，前者大吃一惊。时年已六十岁的她完全无法想象一个四十几岁的女人可以和自己饭桌的首席上并驾齐驱，加之刘女士的求偶愿望还健在，花哨的北方县城穿衣风格也让她身边的老太太显得更加灰暗。刘女士只比我姐姐大几岁，和我的姐夫相当于同龄人。我的姐夫居然恬不知耻地阿姨阿姨地招呼她吃菜喝酒。而坐在蒋婷身边的我的外甥，当年正处于青春期变嗓时期，虽然他并不愿意和我们多说什么话。

那是一顿非常诡异的年夜饭。吃完饭后，遵照某种传统，刘女士率先拿出钱包给了我外甥压岁钱，然后滑稽地不得不接受我外甥在我姐夫教导下的一句"谢谢奶奶"的谢词。我妈不甘示弱，当即也给了蒋婷一个大红包。本来平辈之间不应有压岁钱一说，我那好心的姐姐思前想后觉得没必要占刘女士的便宜，所以她又给蒋婷来了一个红包。这其间的拉扯、谦让和感激，让人眼花缭乱、烦躁不已。大家还一起坐下看了会儿春晚，等待赵本山出场，既而像往年一样哈哈大笑后才各自散去。之后几天也没闲着，不是我姐姐姐夫邀请，就是我舅舅舅妈邀请，团团圆圆一大桌人，老的老小的小，节目相似，总之，我和蒋婷疲惫不堪。

我不是说此类场景在我和李芫婚前婚后不再发生，相反，她就是南京本地人，亲友遍布，场面更为壮观。我只是想说明，在当年，我和蒋婷还很不适应这些。它们吓到了我们，让我们面面相觑而又看不清对方。我们试图就这些聊一聊，但我们很快发现，我们怎么聊似乎都不在正题上，让我们开始怀疑自己的理解力以及在某种程度上开始怀疑对方。生活比我们预想的要喧嚣得多。若干年后，当我和李芫遇到相同的场景时，我却没有了这些感受。李芫和所有的亲友都能应付，她的应付不是虚情假意，而是真情实感。在这方面，她不仅得体，而且勤奋，她的存在使我也坦然了起来，认为这些都是人之常情，堪称活在世上的证据。然后最终认识到，这一切没有什么不对，很好。

与去济南不同，我和蒋婷睡大房间双人床，刘女士则睡小房间单人床。南京没有暖气，我们给刘女士添置了电暖器她仍然觉得冷。睡觉并不费劲，但起床颇费踌躇，她每天都在空调热风的吹拂下和电暖器的烘烤下起床，因此她的房间门打开时，一股热烘烘的女人体味会涌入寒冷的客厅，让我的镜片为之一湿。那些饭局消停后，我和刘女士在济南的所作所为相似，也带着她畅游起了南京。她喜欢这些，每到一处都要拍照留念。这些照片的特点是，她要求自己位居大门入口处，必须要把某个公园景点的门楣题字涵盖在内，这样一来，在那些巨大的牌楼和雕刻之间，她在照片中显得很娇小。也有近景和特写之类的，比如她单手扶住一根梅枝，在花团锦簇中露出她那张攒满了笑容略显宽阔（腮帮子大）的脸。就像她跟老天说好了那样，年后没几天，天气转暖，果然春回大地万物复苏的景象。她还在山水之间脱掉了呢子大衣，穿着一件紧身的高领毛衣上蹿下跳。见此，我由衷地发出感慨，告诉蒋婷："你妈妈不仅年轻，长得也不丑。"

7

我妈当然还是来了，而且来得很早。进屋第一件事是站在换鞋垫上谨慎地扫视一眼。这才午后，李芫当然还没下班，然后她才大口口喘气，喊饿死了饿死了。她连午饭都没有吃，就去菜场买了一大堆菜。进了厨房。她没有先做那些菜，见我中午没有剩饭剩菜，她假装生气地找到半筒挂面给自己下了碗，并越来越生气地指责我（其实是妄想性地针对李芫）把厨房弄得这么脏，然后在面条煮熟之前利索地收拾一新。每次来儿子家，她除了当一回清洁工，也不忘自掏腰包买很多菜。虽然她声称是买给孙子吃的，但谁都知道，她其实是在讨好李芫。李芫父母健在，退休金更高，对我们的补贴也更多，这让她多少有点愧疚和不服气。这也算李芫轻婆家重娘家的原因之一吧。

吃完面。择菜洗菜的时候，我妈开始埋怨刘女士。

"这个女人真是，大老远跑来干吗呀，又不算亲戚，都这么多年了。不会有什么事吧？"

"我不知道，"我说，"她在电话里什么都没讲。"

"就是嘛，要不我还不来呢。我不喜欢这个女人。我只是不放心。"

"你有什么不放心的？"

"不知道，"我妈认真看了我一眼，"你比我还老糊涂？你吃过这对母女的亏你忘了？"

我没搭这句。如果说恋爱未成对方离开了你就是吃亏，那我确实吃了亏。但显然又不是这么个道理。

"她现在人呢？"见我不吱声，我妈问。

说是去栖霞寺玩了。

"切，就知道。这个女人韶得很，我到现在还记得她穿那身花。"

"人家年轻吧。"

"年轻？我没记错的话，也是半老太婆了。"

"半老太婆"这个词倒是让我想到一个问题，那就是十年不见刘女士现在到底是什么样子？如果我在大街上，或者我现在也在栖霞寺，能在人群中认出她吗？我不禁努力地开始回忆她的长相。但什么也想不起来。我只记得她较为花哨的穿着和高高烫起的头发。

因为要准备晚饭，我妈表示她今天不能帮我打扫屋子。但她认为今天打扫屋子非常重要，因为家里要"来客"，虽然这个"客"在来之前即已遭受了她的批判。所以我得动起来，好好收拾收拾。我只得遵命。

平时都是李芫打扫收拾屋子，我已经习惯了，她也不需要我动手，我的参与被她誉为添乱。但在跟蒋婷生活的那一年里，都是我们两人一起打扫收拾。当然不是说李芜不爱整洁，而是蒋婷更为苛刻，开关插座上的灰尘，沙发缝隙内的碎屑，连刷牙时，牙膏她都不愿意我从中间挤而必须从尾部开始。另外，她还热衷于重新布置房间。比如床原来在卧室里是居中摆放的，但过了一段时间她认为应该靠墙或靠窗，房间里的其他家具也便因此而挪动到新的位置。所以和蒋婷收拾屋子相当于一项工程，起码是一项重体力活，确实不是她一个人能干得了的。每当我们干完，她总是十分满意地在房间内全新的空间结构里走来走去，然后问我怎么样。我说挺好的。然后等待下次重新集体搬动。

刘女士来那次，我们的床就在窗下。蒋婷的目的是当她中午醒来的时候，伸手拉开窗帘，阳光就直接照在她的身上。刘女士对此却很不以为然。她对女儿的生活处境非常不满意。她甚至攻击女儿的穿着老气横秋，并强行拉着蒋婷去买了一件花哨的羽绒服。蒋婷和我的生活确实色彩暗淡，她喜欢单色纯色。刘女士不仅用自己的形象给我们的屋子带来了花色，还给我和蒋婷的大床购置了遍布玫瑰花瓣的四件套。刘女士走后，我和蒋婷躺在这些玫瑰花瓣间心情无比沉重。因为她告诉我，她不打算留在南京了，她要回济南。

"那我们呢？"我问。

"你说呢？"

"分手？"

"不然呢？"

"好吧。"

玫瑰花瓣的四件套也被我扔了。我从来没有那么彻底地搞过卫生。我把所有能让我联想到蒋婷的物件都扔了，尤其是我们一起生活时购置的物品。床肚下她遗留的长发，衣橱里她衣服取走后残留的气味，甚至我们没有用完的一包避孕套。我是不是还可以这么夸张：后来我连房子都卖了，换了现在的房子也是因为想彻底摆脱蒋婷在我生活中留下的痕迹？这肯定是做作了。我还没有失控到那个地步。换房子是因为我认识了李芫，我们决定结婚，在李芫看来，我原先和蒋婷住过一年的房子无法装得下她。

李芫和壮壮进门时，显然愣了一下。她知道我妈会来，但显然没有想到自己的家突然变成了这样，我从她的眼中才发现：我收拾屋子的能力和水平太高了。一切都被我擦过了，散发着静悄悄的反光，连换鞋垫上的鞋子，也被我鞋尖冲门外码放得整整齐齐。我妈则在厨房热火朝天地忙活。

"哟，真隆重。"她冷笑了一下。

8

我们一度认为刘女士不会来了。因为天快黑的时候我给她怎么打电话她都不接。我提议我们吃吧，但李芫不说话，我妈则看着儿媳，问孙子："壮壮，你饿不饿？饿了你先吃。"就在我妈捧着饭碗追着壮壮喂食的时候，刘女士电话来了。她说她现在已经到了我们小区，不知道怎么走。我只好下楼去接。我控制穿鞋的速度，尽量慢腾腾地开门、下楼。

我确实也不急于立即面对刘女士，我承认自己有点慌乱。我不知道能不能认出她来，更不知道她到底来找我干吗。小区里都是晚归的人，有一个还冲我点了点头。我记得他有一条温顺的大狗，晚饭后在小区公园里经常出现，壮壮曾将小手放在它的牙齿之间安然抽回。我可能也回敬了点头，但还是跟一辆电动车彼此避让时差点撞上。

刘女士就站在小区门口那个桥上。我一眼就认出了她。她还那样，依旧是色彩鲜艳的大衣、围巾，区别是她戴了帽子，脚上那双高跟长靴显得贵重。除了挎包，她手上还拎着一塑料袋的东西。"阿姨"，我这么叫了声她，她连看都没看我一眼，就将那袋东西交给我拎着。

"都是买给你妈妈的。太沉了。"她抱怨道，"估计手都被勒出了印子。"说着她把手从手套里拿出来看了看，并没有印子。这些做完，她才笑盈盈地看着我。

"小林，"她说，"你还那样哦。"

"嗯。"我不知道怎么接她的话，"走吧，都等半天了。"

"你妈妈在吗？"

"在。"

她仍然没问我是否结婚之类的问题，而是就我们小区环境谈了起来。她夸赞我现在的居住环境比十年前好多了，还一把拽住我的胳膊，其因是被一条冲她皮靴跑过来的吉娃娃小狗吓得尖叫了起来。我注意到有小区的人多看了我两眼。

进门的时候，她明明先看到了李芫，但她还是越过李芫的肩膀先和我妈打招呼。"大姐，你好啊。"甚至连鞋也没脱，就冲过去跟我妈来了个拥抱。我妈尴尬地喏喏，一只手象征性地在她的背后碰了碰。这完了，她才微笑着向李芫致意。

"小林，你的媳妇挺俊的。"她说。没想到不需要我事先说明，也不需要我交代，她早已心知肚明。

"谢谢。"李芫答。

然后她就发现了沙发上的壮壮。壮壮或是认生，或是被刘女士进门时这一连串动作吓到了，把自己藏在沙发扶手后面只露出两个大眼睛看着她。

啊呀，多可爱的小家伙。说着她冲了过去，想一把抱住壮壮，不过被壮壮躲开了。他轻车熟路地跳下沙发，然后绕过茶几，迅速地躲到李芫的腿后。

"没事的，壮壮。"李芫说，"去，叫，叫奶奶。"

壮壮显然不会叫。

"不用不用。"刘女士蹲了下来，逗孩子，"你叫壮壮啊，长得真壮啊。"

然后她掉转头做出嗔怪我的样子，说："小林，你怎么不早说。"又问壮壮，"你几岁了？"

"五岁零四个月。"李芫代答。

"大姐，你真是好福气啊。"她试图恭维我妈，我妈干硬地笑了笑，就立即转身去厨房端菜了。这时候她大概才意识到自己穿着一双靴子在我家擦拭一新的地板上，几枚偶蹄类动物般的脚印十分扎眼。她连说抱歉抱歉，返回换鞋垫那儿换上拖鞋。她瞬间矮了一大截。

"要不要喝点酒？"这只是礼节性地征询，我记得刘女士不喝酒，而且她极其反对蒋婷和我喝酒。不过这次她居然大喊，太高兴了太高兴了要喝要喝。迫于无奈，我也只得给我妈和李芫分别倒了点红酒。我妈和李芫也从来不喝酒。四个人真的像很高兴似地交杯换盏了起来。壮壮因为吃过了，大概也丧失了对刘女士的好奇心，回到沙发看动画片去了。刘女士频频举杯，不仅跟我们所有人都"干"了一回，还多情地和沉迷于动画片的壮壮也"干"了一下。饭桌上，主要她一个人在喋喋不休。然后自嘲是不是喝多了。事实是，直到饭后收拾碗筷，刘女士那半杯红酒也没怎么动。

奇迹在于，刘女士既没有提她女儿蒋婷，也不爱谈自己，居然也能用她密集的语言填满整个饭桌。她大谈南京的名胜古迹，谈房价，谈房屋装修，济南的草包包子，聊城的酱菜，以及各种逸闻趣事。看上去，她绝非蓄意避而不谈，而是不重要。看上去，她此番来我家，就是跟我、母亲和我素未谋面的妻儿见上一次。她表现得像极了一位多年不见彼此深知无须赘言但凭谈兴的亲友，也像一个我们在马路边捡回家让她吃顿饭的莫名其妙的疯子。其间，我妈可能有点扛不住，试探着问蒋婷现在的情况，但大都被她充耳不闻地略过了。不过她也不能一概予以不理，她简略地聊到了自己，说自己现在在一个保健床垫公司工作，职责就是向广大饱受病痛和失眠之苦的人推荐一种高科技席梦思床垫。好在她没有强烈推荐我妈去买这个床垫，她只是陈述她现在干什么。至于有没有重新组织自己的家庭，她则前卫或豁达地表示，世界是多极的，价值观也是多元的，人们没必要过一样的生活。有的人迷恋于夫妻双双把家还，有的人更乐于孤身一人逍遥自在。即便如此，我们仍然不知道她是夫妻双双把家还，还是孤身一人，我们只能自作聪明地从她的口风中认为她是后者。但这是错的。

晚饭结束后，我们一下子陷入了尴尬之中，不知道接下来是一起看电视呢还是干什么。李芫在收拾碗筷的时候曾用眼神示意过"她什么时候走"，我则用"我也不知道"的眼神答复她。这是我们，包括很多夫妻都会使用的交谈方式。刘女士确实没有表现出吃完就走的潇洒，而是在壮壮身边坐下，打算再跟孩子切磋切磋人生。可惜壮壮已经在沙发上睡着了。

李芫想把壮壮抱上床。

"能让我看看他吗？"刘女士说，语气近乎哀求。

这完全出乎我们的意料，让我和李芫面面相觑。

刘女士接过李芫递来的小被子，帮壮壮盖好，并职业地掖了掖被角，过程中一直深情地盯着壮壮的小脸。壮壮似乎被她看得有点害羞，将半张脸埋进了被子。她则微微探近身，继续盯着看。我妈从厨房里擦干手出来的时候，试图跟刘女士继续客套地说什么，后者赶紧用一根食指放在唇边，示意我妈小声点，不要吵醒孩子。我妈赶紧闭嘴，三个人环绕着刘女士和壮壮。

刘女士俯下身在壮壮的脸蛋了轻轻地亲了一口，这才站起来。我们看到她的眼圈有点红。但她笑着，一些皱纹在顶灯的照耀下出现了条状阴影。

"那么，我走了？"她像商量那样轻声问我们。

"还早呢，"李芫说，"可以再坐一会儿。"

"不了。走了。"说着她就径直去取自己的皮包。

我妈赶紧跟上，热情挽留，就差说出你也可以住这儿的话。但刘女士只是微笑，不为所动。她穿好大衣，系上围巾。然后向李芫招手，从皮包里取出两张百元钞票，硬塞给李芫。她惭愧自己不知道我们已经有了孩子，不，壮壮，壮壮真是个好孩子，而她居然空着手见壮壮，这是不应该的。弥补这一过失的唯一办法就是李芫替孩子收下这两张钞票。她甚至动情地说道，壮壮还小，也许根本就没有记住她这个人，更不会将来还能够想起。但她既然来了，和壮壮见了，就是一段缘分。这段缘分也不是能用钱来表示的，况且也不算什么钱。就是意思意思，见证这段小小的缘分。

老实说，这段话叫人动容，让我们不知说什么好。刘女士再次和我妈拥抱了一下，这次我注意到我妈双手都拍了拍她的背。然后由我送她下楼。下楼的时候，李芫给我使了个眼色。我懂她的意思。

9

有一件事，我妈和李芫都不知道，因为长期以来我无法描述这件事。

十年前的春节，鞭炮声消停后，我、蒋婷和刘女士，我们仍然像一家人那样住在一起。刘女士住的时间比她本来打算的要长。我们再也不用出门找地方吃饭，我们在自己家买菜做饭。我们一起看电视。我们还一起购物，一起去看过一场电影。有次我们打扫卫生收拾屋子时，刘女士还参与了进来。她力主我们把床重新居中放在卧室，我们顺从了。她也力主我们换上她送给我们的玫瑰花瓣四件套，我们也笑纳了。她还嘱咐我们以后酒要少喝一点，多出去运动运动。说着她还推开了窗，窗外确实春光明媚。有几片风筝在我们的视线内飘荡。

　　这是一面。另一面是，刘女士四十来岁，迟迟不走，她给我造成了一些难以启齿的困惑。比如她当时正在经期，沾满血的卫生巾就这么公然摆放在马桶一侧的纸篓里。她换下的内衣就这么悬挂在我和蒋婷居住的大房间的阳台上。我们在睡觉，她会就那么穿着秋衣秋裤突然推门进来说个什么事。逛商场或看电影，她甚至还在另一侧挽起我的胳膊。然后就是有一天，蒋婷出去买菜，她在洗澡，她围着浴巾叫我帮她将水温调一下。调好水温后，我偷看了她一眼，她很敏锐地感觉到了，这是我从她看我的眼神中领悟出的，她的眼睛和神情只是一面镜子。没有更多了，仅此而已，但仅此足够。

　　在我这十年的猜测中，她应该把这件事告诉了蒋婷，用什么方式说的，我不知道，蒋婷甚至没有告诉我她为什么要走。迄今为止，我都认为蒋婷离开我与这件事有关。

　　蒋婷说她要回济南，我送她。在此之前，她已经给自己打了很多纸箱包裹。这些纸箱包裹就堆放在客厅里。在离开之前，她仍然和我睡在一起，我们仍然做爱，仍然一起买菜做饭。这一度让我觉得她是在生气，而并非真的要走。她说她买了车票，我仍然不觉得这是真实的。然后就是她跑邮局寄这些纸箱和包裹。她拿不动，我必须帮忙。我们搬动这些纸箱包裹费了很大力气，汗流满面，相视而笑，我还是不觉得她走是真实的。然后她就走了。我把她送到车站。她仍然有很多行李，我不得不买一张站台票，把她送上火车。安置好了，我还嘱咐她方便面、火腿肠、水果、零食这些在火车上吃的东西放在哪儿。她都点头说好。然后火车要开了，我下车。我仰着头看着车窗玻璃后的她，她冲我笑，挥手。她走了，真走了。

她在南京的手机号码注销了。网络通信也毫无回音。我家的钥匙她放在了茶几上，有两个月我都没动那串钥匙。后来我不得不将钥匙收起来，钥匙在茶几厚厚的灰尘上划了两道黑色的印子。在深夜，我还在听楼道里的脚步声，我能听出她的脚步声，但没有她的。她消失了，整整十年。

蒋婷在这十年里结过一次婚，但很快就离了。刘女士说，因为那个男的会打她。有一只眼睛几乎被打瞎了。现在蒋婷跟一个男人同居，那个男人是一个坏人，无所事事，天天问蒋婷要钱，蒋婷都给。蒋婷的工资也一般，自己并不用什么钱，绝大多数给那男人花掉了。蒋婷没有生孩子，她想生一个，但每次都掉了。

"我觉得我们家婷婷过得太苦了。"刘女士有了点哭腔。

"是，"我说，"是不容易。"

"但她自己觉得很好。"

10

刘女士和我在小区花园的长廊里坐了会儿。

"我猜你已经结婚了，"她说，"但是我不能肯定，我觉得你应该没有结婚。"

"对不起，我结婚了。"我说。

"你误解了，我没有说你结婚不对，你当然要结婚，我也没有叫你和我们家婷婷重归于好的意思，那是不可能的。"

"是，确实没有任何可能了。"

"我只是挺难过的。"

"别难过了阿姨，你不挺潇洒自在吗？"

"怎么可能，谁能潇洒自在呢，我们又不是神仙。"

"那你为什么不重新嫁人呢？"

然后她说她有个男朋友，说起这个男朋友，她高兴了不少。这个男人在她口中叫老陈，六十岁左右，是个医院的退休医生，老婆死了，孩子也都各自成家立业了。老陈对她很好，嘘寒问暖，体贴照顾，这辈子也没有哪个男人对她这么好过。另外，老陈的孩子也很认可她，尊敬她。五十岁生日，就是老陈和他的孩子们给她过的。蒋婷也不反对，但是蒋婷没有参加她的生日庆祝，这些年也不太跟自己的母亲来往。她不知道自己该不该嫁给老陈。

"为什么？"

刘女士沉默了好一会儿。突然问我："你觉得我还适合结婚吗？"

"当然没问题。你不老，况且这跟年龄没关系。"

"那你妈妈呢？"

"我妈？如果她愿意跟个老头结婚，我没意见。"

"说得好听。"

"真的，我想不出我有什么反对的理由啊。"

"好吧，我信你。"

这时候那个遛狗的家伙出现了，他看到我和一个陌生女人坐在一起，很不好意思地打算绕道而行。我不得不主动招呼他，然后摸了摸他的狗。虽然他不怀好意地盯着刘女士看，但我没有也无必要向他介绍她是我的什么人。

"小林，你人很不错。"刘女士等遛狗人和他的狗走了后，郑重地说。

我有点心虚，我说我自己不知道。

她说："真的，我挺喜欢你的。"

我一下子紧张了起来。

"你又误解了，"刘女士甚至笑了起来，"你别胡思乱想。"

"没没没。"说着我站了起来，感到无所适从。

她笑，笑出了声。然后陷入了沉默。

过了好一会儿，她说："小林，你是个适合过日子的好小伙，哦，现在也不算小伙了。"

我不知道怎么接话。

"小林！"刘女士突然严肃了起来。

"嗯？"

"你知道吗，我一直把你当我的女婿看，虽然这么多年没联系，我还是把你当我的女婿看。"

"为什么？"

"因为我不喜欢婷婷后来找的那些男人。"

"也不能这么看问题吧？"

刘女士没有搭我的话，她径直说了下去："我和婷婷爸爸离婚很早，这你是知道的，娘家现在也没什么人可走的，我没什么亲人，有的时候我都不知道我们家婷婷算不算我亲人。我来找你真的就是探望一下你和你妈，哦，现在还有你媳妇和你的壮壮。"

"谢谢你这么想，我会告诉我家里人的。"

"唉，"她叹了口气，"但是我可能是自作多情。你现在知道了吗？"

"什么？"

"就是老是拿不下决心跟老陈结婚？"

"我真的不知道。"

"我要是想结婚，多少次婚都结了。我只是放不下我们家的婷婷，你懂吗？"

"你可以不用管她的。"

"我觉得好累。"

说到这里，刘女士居然哭了起来。

我不知道怎么安慰她，或者她也不需要安慰，她需要哭一下。等她哭完了，才掏出纸巾擦了擦脸。她已经不再使用手帕，这说明了十年确实是一个不容小觑的时间长度。

"好吧，"她站了起来，"就这样吧，不早了，我得回宾馆了。"

我也站起，陪着她向小区大门走去。外面停着几辆出租，她老远就冲它们招手叫唤。这一下子让我很焦躁。

"我能问你个问题吗？"

我感到自己的脊背发硬。

"啊，什么？"

我说了一遍我的问题，声音确实很小。

"什么，你再说一遍？"

我清了清嗓子，一字一顿痛苦无比地说："你知道蒋婷为什么要跟我分手吗？"

刘女士应该没想到我会提这个问题，或者在她看来这根本就不是问题，她的回答也表明了这一点。

她说："啊，你不知道？"

我说："我真不知道。"

她说："那是因为她不爱你啊。"

分别少收和多给了十块钱

上帝对幼儿园的孩子是仁慈的。

对上学的要差一些。

而对成年人，

毫无怜悯，

完全不管。

有时他们必须匍匐在滚烫的沙地，

向救护站爬去，

浑身是血。

———耶胡达·阿米亥

    一个在网上认识的女的跑来找我，我们吃饭，同居，然后她就该走了。出于礼貌，我送她去火车站，在入口（不是站台）我和她挥手告别。看到她消失于人群，我松了口气。在出站的时候，我遇见了自己的表哥。我的表哥是开面包车的，专门拉那些不远万里来到南京却不认识路的客人。无论这些客人捏在手心里纸条上的地址有多近，我的表哥都会非常乐意地开车拉着他们在南京的大街小巷里绕个遍，并热情洋溢地向他们介绍南京的历史、名胜和饮食。没错，这很容易培养陌生人（表哥和乘客）之间的感情，让远道而来的客人有宾至如归的好感。最后，他当然会精准地将他们送到目的地，只是此时乘客总是会被他报出的车费吓一跳，无不脸色一沉，一路上好不容易培养出来的情感瞬间消失。有的乘客会捏着鼻子认栽。也有拒绝掏钱的，这样一来，我的表哥就会掏出手机，五分钟内，就会有四五辆同样的车出现在这些人的面前。还有哭穷的，一只手上捏着少得可怜的钱钞，另一只手则翻遍自己所有的衣兜，然后将那些衣兜的里子就这么翻在外面。我的表哥确实会看一眼那些鱼泡一样的衣兜里子，除了一些渣滓一些被洗成碎末状的票据，他确实什么也没看到。遇到这种情况，表哥就会善心大发，少收他们十块钱。但总而言之，脸色一沉、拒绝掏钱和哭穷，终归都是一些无效的表情。这些事都是我坐上表哥的车后听他说的。我为什么会坐上我表哥的车呢？一方面我们好久没见，需要像一对合格的亲戚那样嘘寒问暖。而当他听说我还没有结婚并没有对象的时候，他震惊了，半晌都没有说话。然后他就发动车子，说要带我去一个地方。他说他有一个修无线电的朋友，恰巧这个朋友有个女儿，也没对象。他要放下生意不做，特意开车带我去找他的这位朋友，希望后者能够成为我的岳丈……

上述是我八年前写的一个短篇小说，题目叫《爱谁谁》（见《青春》杂志2010年11期，或本人小说集《躺下去会舒服点》）。按另一个小说家的说法，他认为那篇小说极其下流黄色，给他留下了"深刻的印象"，经常在饭局拿出来作为铁证攻击我高洁的品质。我当然不以为然。不过我自己也不喜欢那篇小说，只是认为没写好罢了。我的意思是说，从我上次见到表哥距今已有八年，而在这八年中，据说我已经成了一名作家。

为什么和表哥长达八年没见？这个问题我也觉得奇怪。总之，我认为这不是我们故意的。只是没有机会而已。在这八年里，我们整个家族里没有死过人，好像也没有结婚的和出生的人需要我们同时到场祝贺。我没有邀请过他来我家吃饭，他也没邀请我去看望嫂子。我对表哥的印象主要集中在很多年前，应该是20世纪90年代末，他手持大哥大腰缠BP机出现在防汛大堤上的形象。对，应该是1998年，百年不遇的洪水，"抗洪精神"一词产生的那年。宽阔的江面，浑浊的江水几乎与大堤持平。一阵暴风雨，或一艘巨轮经过，波浪即会越堤而入，然后顺着大堤的内侧流淌到低矮的庄稼地里。那是一片西瓜地，我们这些被组织上来防汛的人主要靠这些西瓜解渴。我的表哥则对这些被江水浸泡的西瓜嗤之以鼻，后来我们也确实不再想吃那些被泡得瓜瓤都发白的西瓜了。只好去大堤下面一户安徽来种地的人家借水喝。这户人家既种田，也打鱼。每天天蒙蒙亮的时候，男主人就扛着小木船（具体而言只是一个大木盆，常见于农村杀猪时所用）从堤脚爬上来，然后放入江面，再整个人坐进去，一只小桨，几下他就划到了江心。在那里提网收鱼。这让当时还是学生的我感到极其羡慕，多次要求和他一起去江心，却都以木盆太小容不下二人而被拒绝。他还有一个正在念初中的女儿，虽然还小，但发育完美，经常在家里洗了头发就会爬上大堤让江风吹干，胸脯高耸，长发飘荡。我不止一次地想过，自己如果能够成为他们家的上门女婿该多好啊。看到我痴呆的神情，我的表哥则斥责为"没出息"。他甚至懒得搭理我这个还在校园宿舍床单上遗精的表弟，专注于他的通信工具。只见他小心翼翼地将大哥大高高举起，希望能够找到一些信号。但这是徒劳的。别说大哥大了，连他腰间的BP机自始至终也没有响过。或许可以这么理解，许多大买卖就这样在1998年与他擦肩而过，使他最终成为火车站一名黑车司机。

上个月，我要坐飞机参加一个活动，而机场大巴就在火车站附近。刚想进站，一辆东风标致408突然挡住了我的去路。车窗玻璃摇下，果然是我八年未见的表哥。"我老远就觉得是你。"他高兴地说。我也说了句："你也没变。"因为我还要赶飞机，所以我们的谈话极其仓促而密集。他不仅换了车，而且又买了套房，之前那套四十几平米的现在租出去了。他老婆，也就是我的嫂子就在我家附近的某个超市里当货架清点员，至于我那个大侄子（我仅记得他两三岁时的样子），现在已经读高中了。不过，与八年前不同，他没有对我仍然未婚表示什么，而是就我写的小说侃侃而谈起来。"写得不错，不错，嘿嘿嘿。"是这样的，我虽然从来没有在亲戚之间谈过我的写作，也从来没有给过他们我的书，但他们通过各种渠道（比如看媒体报道、上网搜索，或直接买我的书）都知道我在干什么。有的还认为我发了大财并打算问我借钱。

你认识莫言吗？这是我们匆匆互留手机号码后他问我的问题。我给予了否定的回答后，发现他略有失望的神色。不过他还是隔着老远冲我喊，回来的时候给他打电话，他可以来接我。我只好微笑点头招手。啊，我亲爱的表哥，远远看去，他头发掉了不少。

为期数天的活动，我就不提了。此类活动都差不多，开会，吃喝，游山逛水，和一些本来不认识将来也可能不会认识的人互相扫一扫微信二维码，然后就各自回家。另外，在这为期数天的活动中，我也早已忘掉来的时候在火车站和表哥的巧遇。只是在返回南京的飞机上，我才突然想到，自己下了飞机，还是要坐机场大巴到火车站。会不会再遇到我的表哥呢？我不确定自己是希望看到还是不希望。我只是认识到这确实是个悬念。如果不出意外，我下飞机再到火车站应是晚上十点左右。我的表哥是否每天都这时候还在火车站附近拉客？关于这一点，可能性太多：

1.他每天这时候还在拉客。他在那等着。

2.他每天这时候还在拉客。他已拉了一个客人正在市区乱转，所以不可能碰到。

3.他每天这时候还在拉客。但我出现的时候，他正好找堵墙去撒尿了，还是没有碰到。

4.他每天这时候已经自主下班。在家看电视或睡觉。

5.他每天这时候已经自主下班。在家监督儿子为将来考大学而苦读。

6.他每天这时候已经自主下班。正在外面和狐朋狗友喝酒、鬼混。

…………

之所以有这么多可能性，是因为我对自己的表哥毫不了解。我们起码已有十几年没有任何生活上的来往。我们是有血缘关系的亲人，实质上却是毫不相关的两个人。由此我想到，在他十六岁以前，一切可不是这样。我们两家住得很近，那时候经常在生活上互通有无互相帮助。我们上学放学总是一路，平时都在一起玩。我知道他屁股上有块胎记，也知道他的成绩不好。他那个当小学教师的爸爸对他很不满意，然后至死都一直对儿子表达着不屑之情。他妈妈则因为常年卧病在床根本就管不了他。在学校里，打架斗殴他也不出众。有一次我被人打了，找他，他说找他也没用，并坦承他也打不过那个打我的人。如果说他有什么优点，不知道唱歌算不算。他从小就爱唱，边走边唱，流行什么唱什么。不唱也吹口哨。他骑着自行车，我坐在他的后面，一路都是他嘴里发出的那些旋律。某年学校歌咏比赛，他上台唱了首陈百强的《晚秋》，而且是用粤语唱的。以我的标准来看，他唱得简直好极了。后来也听说过他参加过一个歌唱比赛，获得过鼓励奖。但这是后来，我已说过，十六岁，初中毕业后，他就到社会上去混了，之后所有的事都只能是听说。这包括上文提到的大哥大和BP机，虽是亲眼所见，但我并不知道他当时在做什么。

你到底在搞什么？我坐在1998年的防汛大堤上问。

"什么都搞。"他说。

"你想怎样？"

"我想怎样？你以为呢？"

"我不知道。"

"还能怎样？我告诉你，我要发财。懂了吗？"

"懂了。"

下了飞机，到了火车站，一群黑车司机立即围了过来。没有我的表哥。我说不出是失落还是高兴，说成无所谓似乎也不那么正确。听出我的南京口音以及我家地址后，黑车司机们纷纷散了。不散的表示没有五十块钱，他们不会拉我。我说你们开玩笑吧，打车到我家也顶多十五块钱，最多二十。没想到此话一出，人群都笑了。这时候只有一个操苏北口音衣着寒酸的中年汉子走了过来，说，二十块钱，他愿意跑一趟。我只能宽慰自己，也并非所有的黑车都那么黑啊。

我跟着他朝停泊在一旁的车群走去，出乎我意料的是，他的车并非表哥和其他人那种价值十来万的轿车，而是一辆极其破旧的小面包车。车子启动后，不知道哪儿，到处都漏风。就好像我的表哥八年前的那辆面包车转手给了他似的。这也不是不可能。

我说："现在黑车还跑面包车的很难得一见了，你怎么还开这种车？"

他说："老板啊，你说得轻巧，难道我不想？没钱啊。"

"你们开黑车的，钱也不少挣吧？我以商量的口吻说。"

"别人不知道，我不行。"

"怎么？"

"说了你不信，我一个月只能跑一千多块钱，爱信不信。"

我还真的有点不信，我说："这不太可能吧？再说了，你车还可以帮人拉货呢，比如帮人搬搬家什么的。"

"不会。"他说他不会使用电脑，所以没法把自己的信息贴在网上。他也不会玩智能手机，滴滴打车和优步，他也玩不了。他只能在火车站守株待兔，或者在大街上瞎转悠，希望有个保持着过去行为方式的人找他干活。没文化不行，他的结论是这个。他还说到他应聘招工，有些工作确实不需要文化。只是交了一百块报名费后，他还被要求去体检，体检也得花钱，所以招工他也不想去，去不了。

这个话题看来确实有点沉重。我想，换个话题聊聊他的家庭和孩子总归要好点。不过这个话题似乎更为沉重。他并非我所料想的那样老婆孩子都接过来了，而是全部都在老家。因为他没法在南京养活他们，他所挣的那点钱仅够他本人租房子和吃饭用，连烟酒都戒了才够。他的女儿即将高考，而儿子也快读中学了。他孤身一人在远离故乡的省会南京混得很差，不知道如何是好。

最后我只好再次转移话题，问他："嗨，你认识一个叫张德贵的人吗？他是我表哥，也开黑车。"

考虑到真名实姓或许并不存在于他们的交往之中，我还描述了张德贵的体貌特征：一米七不到，短发，有轻微秃顶，小眼睛，穿一身假名牌，腋下夹着一个书本大小的皮包。

　　我注意到他认真想了想，说："不认识。"老实说，我还真怕他说认识，那样我不知道接下来说些什么。于是我们只好闭嘴。

　　他很轻松地就找到了我所在的小区，原因是他住在我附近的一个村子里，对我所在小区也很熟悉。不知道为什么，我下车后多给了他十块钱。给了钱，我就慌不择路走了。我害怕他说声谢谢。但他还是说了，我很难过。就是这样。

　　我想说说他所住的那个村子。村子距离我所在小区大概有三站路的行程，位于火车铁轨和居民区之间那片荒地里。当然，这么说也不准确，那个村子肯定比四周的所有高楼大厦都古老，只是那里灯火昏暗，道路泥泞，房屋低矮破旧。进村那条道在高架桥下，隐蔽而曲折。无论你是乘坐公交车、火车，还是别的，一般很少有人会注意到这个村子的存在。它很小，大概原先只有几十户人家。现在这些村民大概都搬走了，将房子租给别人。因为租金便宜，村里住满了外来务工人员，收破烂的，搬家公司的，水电工，包括这位开面包车的司机。

　　我之所以知道这个村子，是因为几年前的一天晚上。那好像确实是一个春天的夜晚，我和当时的女朋友吃过饭，也看了会儿电视。当时，我们的关系还不错，大概还没有料到我们之后的分手。她说："嗨，我们出去走走吧。"我说："呵，好啊。"于是我们就出去走了走。老实说，如果不是她，我从来没有想过在深夜出去走走。也就是说，我并不熟悉自己生活了十多年的小区及其周边的环境。托她所赐，我发现夜晚要比白天美丽。街面上行人车辆稀少，万家灯火下，人们看起来似乎十分满足。并非有意，我们后来就信步走到了这个村子。除了不远处铁轨上偶尔"咔嗒咔嗒"的火车（你甚至能看到硬座上的人正在看着你，而他们又当然看不到你），此外就是一片寂静。我们甚至能听到村内屋子里传送出来苦力劳工的鼾声，听起来他们也很满足。还有一些在夜色中的植物，它们在黑暗里散发着清香。

夜深沉

　　我赶到家的时候，父亲已经穿戴整齐地在堂屋里躺好了。他躺的是我们夏天才会使用的竹凉床。而我进门的时候，有人还替我拍了拍身上的雪（我不记得自己有没有在门槛上跺脚），所以，凉床只暴露了它四条冰凉的竹腿。跟一张招待客人的临时床铺一样，被褥齐全，只是眼下这位客人不仅没有脱掉外衣，反而穿得特别隆重。事后我才知道，这一身新衣服是我姐姐在公社百货大楼买的。这件事后不久，我曾应我妈的要求骑车去过公社百货大楼的种子柜台买过韭菜籽，我并非要蓄意经过服装柜台，只是我必须经过那里。然后我看到了父亲躺在那穿的新衣服，一模一样，不止一件，就这么挂在那里。

　　我对着父亲磕完头后就站了起来，不知道下一步该干什么。

　　"你应该跪在这里。"一个我从没见过的中年男人用手捅捅我的腰，并用他的左脚在父亲所躺凉床一侧点了点，"别人来吊你爸爸，人家跪的时候，你要磕头回敬。"

当然，我知道这点。我知道风俗，爷爷死的时候，父亲曾经就跪在这个位置，别人家办丧事也有此类先例。于是我跪了下去，只要有吊客像我之前那样给父亲磕头，我就必须回礼。这一点也不难，就像学校里元旦歌咏比赛有过多次排练那样。我因父亲的死没有参加歌咏比赛，但我能够想象他们站在礼堂舞台上的样子，甚至能听到他们唱的"五月的鲜花，开遍了原野"……不过，很快我就感到了难受，膝盖疼痛难熬。还是那个中年男人，他给我递来了一个枕头。我认识这个枕头，正是父亲平时所用的。他是一个邋遢的庄稼汉，枕头又黑又臭。每次回礼，我都能闻到他头上的味道。我不记得自己闻过他头发的味道，现在他死了，我闻到了。

因此我也抽空关注了一下那个没见过的中年男人。他和生前的父亲一样，蓬头垢面，穿戴邋遢。大概因为匆忙，他的一只裤脚的部分还被塞进了袜子，露出了穿红袜子的脚踝。他的眉弓很高，只有眼窝，看不到眼珠。如果不是他留了两撇油光闪亮黑黝黝的八字胡，我大概会觉得他是一个老头。

"如果你实在不好受，"他还在一旁补充道，"没人来的时候，你可以站起来。"

我觉得自己不用对此表态，所以没有理他，也始终没有站起来。直到吊唁结束，午饭开始。

因为父亲的猝死完全出乎所有人的意料，所以我妈当天就昏死了过去，而且情况很严重，也被送进了医院。姐姐需要陪侍，而姐夫则是一名厨师，正好派上用场在厨房里忙活。所以料理丧事的都是一些乡邻，就算那些亲戚，也并非至亲。这使我始终觉得，父亲的死似乎并非真相，整个丧事和我们关系不大。

就算借了左邻右舍，桌椅板凳还是不够多，另外来吊唁的亲友乡邻不少，所以午饭是流水席。四张桌子露天摆放在院子里。好在雪停了，院子的雪早已被无数双脚踩成了烂泥。人们确实大多是穿着高帮胶靴围坐在方桌前吃饭的。另一拨人则在一旁的乱砖碎瓦前或坐或立等他们吃完。所有人都学会了沉默。

每桌的菜也都是一样的。厨房里的一张临时搭建的木台子上，整整齐齐地码着那些一模一样的菜。比如说，同样的红烧肉，同样的碟子，彼此重复地排列在那里达五六碟，加之别的菜的同等重复，相当壮观。这让我对围着白色围腰、撸着袖子、偏着个脑袋叼着一支烟在灶前挥舞锅铲的姐夫充满了敬意。

"你就不用上桌吃了。"还是那个中年男人对我说。我确实饥肠辘辘，不知道怎么吃饭，是率先占据桌子的一方，还是加入碎砖乱瓦前等待的人群。

没想到的是，这个中年男人也和我一样，是蹲在厨房潮湿的地面上吃饭的。所以这阻止了我试图从姐夫嘴里探听此人的想法。我们什么也没说，就这么默默地吃完了饭。

"肉烧得怎么样？"姐夫把菜烧完后，借嘴上那个烟屁股的火，从耳朵上方取下一支烟续上后还问了我们。

"不错，"中年男人说，"好吃。"

对此我显然没有异议。

下午，我继续干上午的事。直到傍晚，吊客才渐渐绝迹。晚饭也和午饭相似。不同之处在于，不知谁在院子里支起了一个叫太阳灯的大灯。几年前，家里盖房子的时候，曾在工地上使用过这种灯，以防有人摸黑偷水泥黄沙之类的建筑材料。可惜后来还是发现有两根松木房梁失踪了。我清楚地记得，这种太阳灯有一千瓦。"一个钟头一度电。"父亲当时颇为心疼。总之，在这盏太阳灯的照耀之下，院子里比堂屋要亮堂多了。被一百瓦灯泡照耀的父亲，简直就像一个躲在家里不敢出门的害羞的小姑娘。只有一个人陪着他，就是那个中年男人。他也没有盯着父亲，只是若有所思地坐在一侧，肘抵着自己的膝盖在抽烟，眼窝更加深了。

后来，整个人已经哭肿了的我妈在姐姐的搀扶下终于回来了。她的出现似乎提醒了所有在场的人"你们可以走了"，于是后者都纷纷走了，包括那个中年男人。

"你，"我妈在痛哭的间歇会看看我，又看看看姐姐和姐夫，说，"你们没有爸爸了。"

我想说这没什么了不起的，我们班有两个同学都没有爸爸了，一个死于车祸，另一个也死于车祸。但我只能说："嗯，我知道。"

睡觉是这么安排的：姐姐继续陪我妈睡，我和姐夫则在父亲身边打个地铺睡。

灯一直是开着的，所以我很难入睡。脑子里尽量多地过了一遍父亲活着时候的事情，然后再对照一下躺在那里的他，以此确定他确实死了。当我实在想不起来有关父亲的其他事迹后，我这才想起来应该问姐夫那个中年男人是谁。可惜姐夫睡着了，打起了呼噜。我没有和姐夫在一个屋子睡过觉，没想到他的呼噜声这么大，不仅响亮，而且层次很多，真是此起彼伏的呼噜啊，一度让我觉得躺着的父亲也在打呼。

但这一切都不表明我没有睡着。我睡着了。

次日一大早，我是被外面的动静吵醒的。姐夫已经起床了，我妈则在姐姐的陪侍下坐在父亲的身边跟他说着什么。我不知道她想说什么，就到了外面。一个穿着迷彩服、头戴棒球帽帽舌朝后的人正在油漆一口棺材。我问他这个棺材是哪儿来的。没等他说话，从棺材的另一侧冒出一个人来说，是买的。没错，还是昨天那个人，那个中年人。

他说："你有没有去过火葬场？"我坦承没有。他说："火葬场的烟囱，烟没那么黑。"

"我不是说烟的问题，"我说，"我的意思是假如浇上汽油烧掉怎么办？"

"放心吧，不会的。"

我不知道他为什么这么坚定，也没有再问，我被棺材转移了注意力。它不像我在电视上看到的那样带有弧度，而就是几块相对厚实的木板拼成的。和一个长方形木盒子的区别是，它的一端相对于另一端较为窄小。这使我未卜先知地认识到，宽的那头应该是肩膀和头，脚则塞在窄的那头。后来入殓时，确实是这样。其实这个棺材很大，根据我的目测，或许能并排躺两个人，如果躺不了，两个人侧身抱着应该绝对没有问题。入殓时，我才发现棺材内部很拥挤。可能与在里面垫上被褥和塞满棉花有关，我的父亲最后只露出了一张窄小的面孔，让所有亲友围着棺材转一圈看上所谓的最后一眼。最后盖棺时，哭声震天，但还是盖上了。四个壮汉分立四角，在统一的号令下，同时砸入手指粗细的黑乎乎的棺材钉。

"快喊，爸爸让钉子爸爸让钉子。"中年男人说。

我照办了。

"以上就是我所记得的关于我爸丧事的一些事。"我对她说。

这是二十年后的一个深夜，我和妻子并排躺在床上，在关灯后的黑暗里睁着眼睛。不知为何，我们之前开着灯时曾发生了一场激烈的争吵，争吵结束也就是关灯后，居然莫名其妙地聊到了这些。可能与争吵有关，我觉得自己应该尽量详细地讲述这些。这同时也是一项义务，就像我知道我的岳父的合法妻子现在已经不是我的岳母一样。

"他是谁？"她问。

"谁？"说完我就明白了，"哦，那个中年男的吗？是我一门远房亲戚。"

"那你为什么说你从来没有见过？"

"确实没见过，这难道怪我？"

"后来呢？"

"后来也再没有见过。"

"不对，"她突然提高音量，并且从被窝里坐了起来，"那你为什么要提他，老是提他。这不对。"

我一时语塞，确实也觉得这个问题不太好回答。

"说啊你。"她在被窝里用膝盖拱了我一下。

"说什么啊？"

"说你为什么要老是提……"她说着似乎也觉察到了这个问题存在着别的问题，于是改口道，"说说你这个远房亲戚吧。"

"我已经说过了，后来再也没见过，我怎么知道？"

"一点都不知道？我不信。"

"我只知道他是安徽老家的。别的不知道。"

"你妈知道不知道？"

我妈此时就睡在隔壁，也未必入睡，可能仍然在听收音机。这不仅是老年人的通病，与我们之前的争吵对她老人家造成的影响也有关。我妈敲打着我们的房门，说："我也没几天活啦我也没几天活啦。"

所以我说："如果你想知道的话，可以现在就到隔壁房间问我妈。"

"你这什么意思？"她再次动作幅度大了起来，并打开了床头灯。

我并没有接她的话，而是皱着眉头努力适应了这陡然的灯光。然后照例找出一支烟来抽。

见我点燃一支烟,她又迅速关掉了灯,并夸张地将被子拎上来捂住自己的头。有部分头发在被子外面,她睡前洗过澡,有洗发液的香气。因为用力过猛,被子被扯了上来,我们的脚一下子暴露在黑暗之中。我帮助我们将被子恢复到原状,感受到她有轻微的拱动频率。她在哭。

现在,剩下我一个人在黑暗中抽烟。这让我觉得自己似乎就站在脚前的床下,看着自己的烟头一闪一闪。

赵志明

南京市"青春文学人才计划"签约小说家，江苏常州人。2012 年起在豆瓣发表《还钱的故事》《 I am Z 》《爱情单曲》《你的木匠活呵天下无双》等电子书。出版小说集《青蛙满足灵魂的想象》《万物停止生长时》和《无影人》。获2015年"华语文学传媒大奖"最具潜力新人奖。

逃跑家

　　最近我生活得并不好，但只要尝试忽略这一点，就还不算太糟。我是一个年轻人，暂时在一个历史杂志社上班。我不知道怎么就稀里糊涂被录用了，好像一不小心踏入了历史这条泥沼。有人说是因为我年轻，这家历史杂志社迫切需要补充年轻的血液，女主编看上去很像一个处于闭经边缘行将老去的人，对我很友善，也许过于友善了，每次看到她总让我想起我那去世已久的母亲。有一次在梦里，我梦到了母亲多年前的背影，但等转过来时发现了女主编的脸。我百思不得其解，但也很高兴——这总比发现是父亲的脸好多了。在母亲死后，父亲确实又当爹又当娘地拉扯了我几年，直到给我找了个新妈妈，这才重新回归父亲这个单一角色，只不过继母带过来一个儿子和一个女儿，都比我小，于是在我看来，父亲不复纯粹，至少一分为三，成了三个人的父亲。请你想想吧，女主编的脸代替了父亲的脸，这足以让我高兴很长时间，于是我对女主编暗怀感激。青睐有加碰到暗怀感激，会产生物理或者化学反应吗？这让我很困惑，像关键零件损坏的玩具小火车一样瘫痪在原地。可惜我是一个疑虑重重的年轻人，如果我本人没有产生一种想法，其他人先于我拥有并且让我感受到这种想法，我就会很气馁，随之产生深深的挫败感，像受到伤害一样。很多人——我说的是一起在杂志社供职的人——提醒我说，女主编对我有意思，就是那种意思。有吗？我深深怀疑，这吓了我一跳，如果我有翅膀我肯定会顺势飞走。事情渐渐明朗，女主编对我确实很暧昧，这种暧昧有纸包不住火的嫌疑和倾向，我甚至仿佛闻到了她散发出来的气息，越来越凝重，渐渐把我包裹住，似乎先于她本人一步把我纳入她真实可感的怀中。这让我产生逃跑的冲动。终于有一天，我记得很清楚，那一天高悬于我的记忆中，让我感受到巨大的迷茫和醒目的耻辱。那一天，我和他们一起去吃饭，那是单位的聚餐，我没找到合适的理由推脱，已经为之很沮丧，偏偏在路上女主编又当着那些人的面提出让我背她。猪八戒背媳妇。他们在一旁起哄。我不明白他们为什么要添油加醋，而她为什么又会表现出一丝羞赧。我拒绝了两次，第一次她表现得像个低龄幼稚的女童，第二次她加上一些愠怒，感觉像是处于不断成熟中的少女，第三次她恢复了本来面目，威严而又肆无忌惮，于是我习惯性地表现出了顺从。当她像轻盈的少女一样跳上我弯曲如桥拱的背脊时，我觉得受到了欺骗，有想把她掀翻抖落的冲动。她匍匐在我的背上，警觉到了危险，双臂环起紧紧搂住我的脖子。这在外人看来是颇为亲密的举动，她的胸部也牢牢地贴在我的后背上，我能感觉到胸罩里的钢圈在割痛我，而我又不能不将双手往后背，以托住她那两瓣尖而凉的瘦屁股。老实说这种感觉糟透了。几乎就是在吃饭的那段时间，我飞速打好了辞职信的腹稿，差一点就要当众朗读。我大可以一走了之，这里没有我留恋和羁绊的任何东西，没有一个朋友，连一个熟人都找不到，只有一个莫名其妙对我有好感而这好感又被过度渲染的年龄偏大的女主编。上班将近一年，却没有在一起工作的陌生人当中找到一个能够稍微亲密起来的人，这算是一种比较糟糕的情况吧。问题显然出在我的身上，但其他人也难辞其咎。如果人与人之间关系的建立和维系必须严肃对待，我这么想也许并没有错。

在我提出书面辞呈后，这很有可能是多此一举，但我往往只有在事后才会意识到并为之后悔不迭，涌现把辞职信抢回来撕毁掉的持续冲动，但这同样也许是多此一举，谁知道呢？我们在做的，谋划要去做的，大概都是毫无意义的事情，毫无意义，有时是重复，有时是重复的重复。这个时候张三和李四约我一起吃饭。张三和李四，光看这样的名字，你就不会想和他们深度交往。我和他们不同，我有一个很正式的名字，我叫王常喜。王常喜这个名字也不好，是我父亲取的，我一直想摆脱掉。如果让我遇见一个好名字，我一定会替换。你要是有什么好的建议，也务必请告诉我。张三和李四都是在杂志社上班的年轻人，比我大几岁，感觉他们像是要在这里干一辈子，这让我感觉很不可思议，一个年轻人怎么能有这样的想法呢？不过他们主动找我一起吃饭，我倒不反感，因为我隐约怀有吃一场散伙饭的期待。散伙饭好像是离开的一场仪式，非官方不正式，但好处是你可以就此拍拍屁股离开，或者借机大醉一场，顺便听听那些留下来的人的心声，诸如"我恨死这里了""我也想走"之类的话。这能让我好受一些，觉得自己并不孤单，虽然那些话毫无意义，那些人也不会付诸实施。奇怪之处就在这里，人们对话语丧失了起码的尊重和敬畏感，他们不知道，语言是他们在这个世界上得以畅行无阻的通行证，一旦失去，他们就会沉入黑暗之中，像牛羊一样被局限在圈里。就像张三和李四，他们觉得我提出辞职只是说说而已，是以退为进，是在要心机，他们是这么说的，此外还有其他一些奇怪的说辞。于是我明白，在他们眼里这不是散伙饭，而是尽力挽留一个想要离职的人而设的迷你聚餐，与散伙饭完全背道而驰。他们的背后站着女主编，他们充当了可耻的说客，其行为简直与拉皮条无异。现在问题来了，这场散伙饭该怎么进行下去呢？如果我离开杂志社，而他们是注定要留下的人，那么散伙饭的意义非常明确，我们互为祭品，离开者是滞留者的祭品，滞留者是离开者的祭品，无关对错，只是仪式的某种溢出解读，甚至毫无意义。当然，我也可以把火锅汤端起来泼向他们，他们也一样，不过我觉得他们操作起来可能会有一点麻烦，必须心意相通并且手脚协调，才能配合着端起那锅汤。他们互为联盟，这是他们的优势，同样他们也互相牵绊制约，这是他们的劣势。我有一百二十个机会先于他们发难，造成一时混乱或者长久的不可原谅乃至绵延一生的敌视，这些都可能构成仪式的衍生内容。

好在这个时候，我的父亲给我发了一条短信。他还在用短信，而我手机里几乎所有人都在用微信，我从短信的提示声一下子便意识到是父亲，他告诉我他要到北京出差。那时我已经喝了好些酒。张三和李四为了把我挽留下来，频频举杯。他们甚至把话挑明了，女主编对我的青睐意味着什么，一场无耻交易中青春的献祭和中老年的眷顾。我不想这样，我还年轻。你看，搞笑之处正在于此，如果我不年轻，我可能假装动摇几下就投诚了，可是如果我不年轻，女主编估计也不会拿正眼瞧我。到那时，我连这样的机会的毛都不会碰到。就像他们说的，年轻是我最大的"资本"，应该尽快套现，别轻易让这难得的"资本"迅速地贬值，变得一钱不值，甚至还要为此负债累累，好像他们年长我几岁早我几年毕业，他们就是这样过来的。他们是过来人。我真想端起火锅泼他们。只有在这短短几个小时里，他们的表现才无可挑剔，像杂志社里面特别称职且值得称道的编辑。这个想法让我多喝了好几杯啤酒，一度产生女主编就坐在他俩中间的幻觉，她向我频送秋波，倒让火锅迅速冷却。他们可能想把散伙饭尽量往后推，但我的意志不容转移。这一点我的父亲最有体会。可能是想到了他，想曹操曹操就出现，虽然他并不是曹操，还是马上发过来一条短信，说他有个机会来北京出差，顺便想看看我。我长这么大，就没见他出过差。这分明是一个无须掩饰也无法掩饰的借口，他仅仅是想来看看我而已。我举着手机，凑近他们给他们看短信内容，越过火锅凝固的食物，手不觉有些颤抖，特别担心手机会不小心掉到锅里，好像这种担心浸在时间和空间混杂在一起的底料中不停地发胀，瞬间被放大，接近腐烂。我觉得我可能真的有点喝多了，而且为先前草率答应和他们出来吃饭而感到后悔。他们就是那种即使你和他们做了快一年同事却丝毫不想和他们成为朋友甚至是熟人的人，是无药可救一眼便能望到他们生命尽头的人，他们的存在似乎只是一个针对你个人专有的顽固的提醒：终有一天，你也会像他们一样。试问，谁会和以后的自己成为熟人和朋友呢？所以，这必须是一场散伙饭，我甚至有点不想去单位进行最后的工作交接，特别不愿意再见到这些人。后来他们就走了，张三和李四先是抢着买单，然后携手走向火锅店的大门。我有点站不起来，直到目送他们走出火锅店，我还是没能站起来。我想我得缓缓再说。在这个间隙，我给其中一个人在微信上转了这顿饭三人应该平摊的钱数。有的地方称之为抬石头。抬起石头压自己的脚。每次我都会这样联想，有时还会为此笑出声来，这是我生活中难得的笑声，有点像我小时候捡起一块石头扔向粪坑所激发的溅起的场景，有时还是特别巨大而显沉重的石头。但我并不清楚究竟是谁买的单，张三还是李四。对方很快收了款，随之发来一个笑脸符，后面是"谢谢"两个字。这正是问题所在，他为什么要谢谢我，有什么可谢的，不过我想我毕竟没有发错人，可是就算发错又怎么样，他们两个人看起来很要好，像朋友一样，像穿一条裤腿的，像同一个人。

不知道你有没有这种体验，在喝多了之后人的思维显得非常缓慢，在努力使用字词句时会有奇怪的幻觉，好像看到被解体的汉字笔画悬浮在空中，一笔一画都很厚重的感觉，黑压压的一层。我可以凭借意念移动它们，把它们组装成新的汉字，只是移动得很滞重，还要非常担心它们会突然直坠。这可能是我一直痴迷于俄罗斯方块的原因，即使现在我还乐此不疲，并且玩得非常好，不亚于魂斗罗。父亲突然宣布他要来看我，就好像一条不被需要的方块模型突然从天而降，无处安放，并预感到这将是很难解决的难题，会导致游戏结束。我承认我措手不及，只能等他出现，这让我很慌乱，有一种不满，却无能为力。出差，多好的一个借口，很难想象这竟然是他第一次使用，这下我更没有办法阻止他劝他别过来了。一个早年丧偶然后又续弦的已跨入知天命年龄的男人，他的第二个老婆给他带来一男一女，他都视若己出，这不算违反常规，却令我很愤慨，因为我一直觉得我受到了难言的不公正的待遇，先是父亲，然后是继母。在他们婚后我有小半时间住在姑母家，大半时间住在寄宿学校里，可怜的姑母成为我们父子之间的传话筒，直到我上了大学，并不顾父亲的极力反对只身来到北京。我就在北京待着，悬浮着，像回到母体子宫中那样无忧无虑，没有智识。期间如果父亲不联系我，我从来不跟家里人通音信，除了姑母，她是我父亲的妹妹，但我更认同她是我母亲的好朋友，才会这般照顾我。姑母惊讶于我们父子之间日甚一日的冷淡，在她可怜的心中感受到了某种恶意，为什么会这样，她时常忍不住问我。我告诉她，是因为我受不了父亲的改口，以前他喊我常喜，或者儿子，因为家中只有我一个独子，多了弟弟和妹妹后，他近乎自然而然地喊我老大，似乎是为了向我强调我作为长子必须对弟弟妹妹好，照顾并礼让他们。事实上我很喜欢我的弟弟妹妹，毕业工作后多次给他们买礼物，但我受不了老大这个称呼，自它第一次从父亲口中冒出来，我就有强烈的反应，我不是谁的老大，我只是我自己。我现在复刻当时的心理，也会产生某种疑虑，这是我当时真实的想法吗？我不喜欢老大这个指称，为什么当时和以后这么长的时间里从不拒绝，或者更叛逆地把它扔还给父亲，像朝着粪坑里扔一块石头？

　　总之，我的生活一团糟，我觉得我之所以没说糟透了是因为我还怀有一线希望，不然我为什么不远千里来北京呢？父亲之前来过北京一次，那时还没有我，他和母亲新婚不久，来北京旅游，我看过他们那时候的照片，洋溢着那个时代的喜气。如果我们的生活还有什么没有变化的话，那就只有天安门了。我来北京之后去瞻望过它，遥想父母站在同样的位置看着这幢建筑物，他们肯定想象过一个孩子，但未必是我，不过我只能回望到我唯一的父母，我没有选择。除了天安门之外，一切都变了。家乡变了，我念书的学校变了。更大的变化是一直疼爱我的姑母去世了，她去世之前为我做的最后一件事，是以我父亲或者我的名义召集了我父亲这边的至亲和我母亲那头的至亲，我的叔叔姑姑，我的舅舅姨妈，他们开了一次家庭会议，差不多也是最后一次了，要为我做一点事。不管过程如何，最后结果是筹到了一笔钱，用来为我在镇上买了三间门面房，以便让我有所依靠。姑母为我做了这么多事，但我却像个忘恩负义的孩子，竟然没有赶得上参加她的葬礼，我无法向其他亲戚解释这其中的种种原因，但都不能掩盖他们的失望和我的自责，结果就是我宁愿不回去。父亲带着他的另外两个孩子参加了姑母的葬礼，遭到了姑父和表哥们的奚落，因为出现在葬礼上的不是死者的亲侄子。我明白，这是他们最后一次为我鸣不平，特别是以这样直接而残忍的方式，以后估计不会再有了。姑母死后，我和亲戚们的纽带似乎一下子断了，这与其说是姑母的错，不如说是我的错。姑母的死，还引发了一连串的反应，我的父亲和继母之间，我和父亲之间，我和弟弟妹妹之间，我父亲和另外两个孩子之间，所有人中间的隔阂更深了。但是隔阂不是伤害，忽视它或者修补它才是伤害。自此之后，我长期赖在北京，即使偶尔回望故乡，我也明白我不是天使，顶多算是个遗弃儿。一晃多少年过去了，父亲期待我和弟弟妹妹之间形成的同胞之情并没有瓜熟蒂落，反而他和我之间的父子之情越发浅了。他担心我不会为他养老送终，在这件事上他忘了他还有另外两个孩子。虽然如此，我还是想不通父亲为什么突然要来北京看我，美其名曰是出差，他要是带着他的一家子来北京游玩还差不多。

　　就在那天夜里，我因为酒醉差点冻死在北京的街头。我不过和张三李四喝了几瓶酒，期间有点话不投机，就匆匆结束了聚餐。显然不是离愁别绪让酒精扩张得更快，而是父亲突然造访的计划，让我酒入愁肠加速流动。我离开火锅店后，可能又在附近小卖铺里买了几听啤酒，就这样越喝越冷，冷得我坐到地上，继而身体蜷缩成一团。路过的行人看不出同情还是厌恶，并不多作停留，他们大概会想：这个人怎么啦？喝这么多酒，不怕出事吗？他们还不会进而想到我很有可能会被深夜的零下十来度的气温冻死，但我跟他们非亲非故，如果真的冻死，在他们眼中也和路边常见的被冻硬的一截截狗屎无异。谁家养的狗，谁家处理狗拉的屎，如果主人家不处理，也就无人问津，即使有碍观瞻，甚至被过往的人不小心踩到。你可能听过这样的奇闻，或者在报纸上看到类似的报道：一个父亲告诉自己在远方的儿子他要来看望他，结果等他到了儿子所在的城市后，发现儿子恰恰在前一天晚上冻死在街头，他赶过来正好处理后事，冥冥中好像自有安排指引一般。话说回来，即使父亲宣布他要过来看我，我也不想跟他开这样的玩笑。这次喝醉不过是一次意外。我有很多烦心事，工作上的、生活方面的、情感和生理上的、理想层面的，父亲来看我顶多是雪上加霜。像我这样的人，竟然还有理想，这是一件让人吃惊的事情，虽然我的理想已经毫无值得炫耀之处：我只是想留在北京，或者说，因为不愿意留在故乡在父亲眼皮子底下生活而愿意前往任何一个别的地方，差不多是越远越好。因此，我几乎意识到所谓的理想对我而言只是一个托词，就好像父亲把出差当作来看我的一个借口，看似牢不可破，其实一截就破。在这种种烦扰中，父亲的来访不过是意外增加的一件而已，确实不值得大惊小怪。我把它当作新闻事件给张三和李四看，只不过是因为那时我已经喝醉了。如果我不详加解释，他们哪里知道这对我而言会是一件烦恼呢？就这样，在我陷入昏睡后，肯定有人过来查看我是不是已经死了，他探了我的鼻息，发现我还有一口气，便很高兴地拿走了我的手机和皮夹。如果我真的死了，可能会因为这个人的临时起意而多费一番周折，警察局无法确认我的身份，只能发出讣告向社会求助，结果历史杂志社的人确认了我的身份，因为我有一段近一年的过去留在了那里。他们会表示遗憾，并感到悲痛，甚至为我开一场煞有介事的追悼会。这个时候，他们联系上我的父亲，他才匆匆赶到，因为比他的计划提前了好几天，显得准备不足，无所适从，憔悴不堪。

这一切之所以没有发生，缘于一个女人，她在我快要冻僵之前经过。那时街上已经几无行人，她的善心让她驻步，并最终下定决心把我扶起来搀回到她的住处。你完全可以想见她一路上吃了多少苦头。在她的地下室里，我的身体渐渐回暖，并且感受到了饥渴。在等我醒来的时候，她已经用电饭煲熬好了粥。我很感激她，边喝粥边和她说话。在我的理解中，和人尤其是陌生人不停地没话找话，也是一种致谢的方式。在我的世界里我也许已经异常孤僻。如果她不是上夜班，她不会那么晚经过，也就不会把我架回住处。你看，所有的事情多么奇妙。如果我的母亲不死，我的生活中就不会有继母出现，她如果出现得过早，只可能成为我父亲的姘妇而遭人耻笑，若在我们家庭遭遇不幸后出现得过晚，我的父亲已经适应并习惯了鳏夫的生活，他们也就不可能在一起生活。就好像这次一样，如果这个女人过早出现，那时我还在呻吟呕吐，酒鬼的症状明显，她会因为惊恐担心惹上麻烦而匆匆走过，如果来得太晚，我已经僵硬如一截狗屎，显然也就没有伸出援手的任何必要。只有在这种时刻，还有一丝气息，并发现我被人搜过身，怜悯才会完全占据上风。确实如此，她经过的时候，看见我如同一个孩子，悄无声息地在地上安睡，而不是一个酒醉的人，浑身酒气，鼾声震天。事实上，她远在老家的丈夫就是一个可怕的酒鬼，她因为不堪凌辱才选择离家出走。她和酒鬼还有一个女儿，现在上小学三年级。我母亲去世的时候我读初一，父亲和继母结婚的时候，我读初三，而继母带过来的弟弟读五年级，妹妹读一年级。这些我都记得非常清楚，就像碰到了开关一样自动浮现在我的脑海里。现在我虽然脑子还很疼，思维也不够集中，但我依然努力和我的救命恩人把我们之间的对话继续下去。她为了她的女儿，跑到北京来打工，把辛辛苦苦挣到的每一分钱都存起来，女儿如果上大学就作为学费，女儿如果早早嫁人就给她做嫁妆。她自己没想过重新嫁人，因为觉得从家里跑出来已经很对不起女儿，女儿现在还小可能还不理解她，等女儿大了自然懂事，可是如果嫁人就真的伤害了女儿，婆婆和丈夫向她泼出的那些脏水她也就没法向女儿做出解释。她又问我为什么喝这么多酒，家人难道不担心吗。说来话长，这是一个漫长的故事，而我这会儿思维涣散，很难条理清楚地讲述完整。我择要告诉她我少年时的经历，大学毕业后为什么来北京，这会儿为什么辞职。当我说到女主编的时候，她很不可思议地看着我，大概觉得奇怪这世界上怎么会有女主编这样的女人。这时我才发现她不过三十来岁，很朴素，说实话并不难看。不知道为什么我突然跳出一个想法，如果女主编长成这样，我也许就不会感到受辱了。这可能是因为她救了我一命。可话说回来，如果不是这个女人，而是女主编救了我，把我带回她的别墅，我又会怎么想呢？你看，人的念头就是这么奇怪，开始我还就生死夸夸其谈，以为从死亡边缘侥幸回来是多么了不起的事情，我越看她越觉得她长得不错，三十多岁也不是多么显老的年纪，因而心猿意马。她也发现了我目光中的异样，低下头来回避。可是我们之间的对话还在继续。我想到工体大门口到路边关于"捡尸"的新闻，她把我捡回来与"捡尸"何异。她果然不明白什么叫"捡尸"，我跟她解释了一番。她又问我这些人把女孩捡回去干什么。这正是我期待她问的，但我不知道怎么措辞，说做爱说性交好像都不对。最后我只能跟她说，这些男人把女孩捡回去，趁她们烂醉就和她们发生关系，像夫妻一样。这是我在那种情况下所能想到的最好的描述了。然后我问她："你离开丈夫这么久，也不回家，有时候有需要怎么解决呢？"你看，我身体里确实住着很多奇怪的小人，有的敏感，有的自负，有的自私，有的狂热，有的卑劣，有的无情，有的像理想青年，有的像多疑症病患，有的像颓废派，有的像享乐主义者，种种合起来就像是一个小丑。也许，每个人身体里面或者灵魂深处都住着这样一个小丑，自私自利，自娱自乐，自作聪明，不可一世，嘲讽一切，不时或者一直发出刺耳的笑声。就这样，我可耻地诱惑了这个女人。她在深夜拯救了我，而我在苏醒后却迫不及待地制造各色谎言以便合理地侵犯她。她起先拒绝，说她的年纪比我大，我狡辩说我和年纪比她还大的女人睡过觉；又说地下室房间是隔断房不隔音，我说现在凌晨了周围人都睡得很沉；还说门卫看见她把我带进来我们这样做影响不好，我告诉她她已经把我带进来，门卫肯定会散播不好听的话。是的，我慢慢打消了她的种种顾虑，就好像慢慢解开她穿在身上的一件件衣服。我问她，多久没有那个了。我像一个调情高手，这不过是受到了周边坏的影响，狰狞丑陋而不自知。但我并没有能够满足她，我高看了我的一时兴起，表现得像一个极其不负责任的人。我充满了羞愧，进而开始沉浸到不该如此的自责中。反倒是她，安慰我，将我揽入她的怀中，把我的头搁在她的两乳之间，轻吁一口气，似乎满足于此。她救了我一命，再允许我和她春风一度，看起来更像是一种施舍。女主编渴望年轻的肉体，然后允诺这些像白泥鳅一般的肉体们更好的生活，也像是一种施舍。所不同的是，前者是我索要的，后者是我拒绝的。如果说女主编对我的所作所为是羞辱，那我对她的所作所为就更是一种羞辱，而且更不可原谅。她已经困乏，就像我不是一个陌生人、酗酒者、性瘾者，而是她的丈夫或者她的儿子，那样安然入睡。我睡不着，我在想怎么补救我犯下的不可原谅的可笑可耻的错误。最后我决定给她一些钱。这是我能想到的唯一的办法。冷酷，不近人情。那个人虽然拿走了我的钱包和手机，但在我外衣的一个口袋里还有一张银行卡，为了这次散伙饭，我特意取了些钱出来，钱装入皮夹，这张卡却意外放进了外衣内口袋中，得以幸免。那里面应该还有点钱，但我不知道具体数目，我想把钱全部取出来给她。我想我们以后是不可能再见了。早晨我跟她说了我的决定，她不想要我的钱，有被这句话烫了一下或冰了一下的反应。这确实让事情悄然变质，并越发不堪。但我假装忘了夜里发生的事情，强调这是我对她救了我表示的一点心意。后来她跟我去了附近的一处自动柜员机。我又一次食言，那张卡里还有八百多块钱，我犹豫再三，最后决定只取出五百给她，为自己留下了三百。补卡还需要一段时间，我不能身无分文地过完这几天。我几乎是落荒而逃，像宿醉的人一样回到住处，倒头睡到下午，一睁眼就仿佛看到了父亲的脸。想到父亲即将出现在我混乱的生活中，我差不多完全忘记了这段时间的种种遭遇，只剩下这唯一一件烦心事。你看，生活是怎样平复羞辱的，那就是让羞辱一件接一件源源不断地发生，有的时候你是被羞辱者，有的时候你是施加羞辱者，以达到微妙的平衡，施加羞辱者不觉得这构成伤害，而是示好与施恩，而被羞辱者逐渐麻木，以为理所当然。这些都是父亲来之前真实发生的事情，我崇尚真实，因为唯有真实是我们无法回避的，也唯有真实反映和洞烛我们内心世界的幽暗和复杂。

我假想了父亲来北京之后会发生的一切。为了照顾父亲出差的借口，他必然只能抽出一点时间来看我，于是我会在他空闲的时间陪他去看天安门，吃一顿全聚德，如果时间宽裕的话再一起爬次长城。在我小时，父亲常说要带我去爬长城，后来是带我们（还有弟弟妹妹）去爬长城，不过一直因故未能成行。不管怎么说，无论是父亲带着儿子，还是儿子陪着父亲，说过的话最好还是尽快实现，不然那些许愿可能会按捺不住，给当事人带来更多的搅扰。如果我想让父亲对我在北京的生活还算满意和放心，我最好换一个租房，一居室的或者两居室的。可是考虑到我刚辞了工作，我不想把有限的钱都花在租房上，况且如果短期内找不到工作，房租就会成为让人头疼的事，我只能临时借用一下朋友的住处。反正父亲也不会逗留多少天，不要露馅就可以。出行的时候，我可以用打车软件预约一些豪车，虽然价格高，但是仅仅消费几次，累积起来费用应该不会太多。不过，考虑到父亲一贯的处事方式，他肯定会自作聪明地认为司机是我的朋友，会坚持让我坐副驾位置，不用陪他坐在后座，因为显然陪这样的朋友更重要。如果我打算隐瞒，让父亲觉得司机确实是很给我面子的朋友，我就必须坐在副驾位置上，那怎么和这位"司机朋友"聊天就成了麻烦事。大不了向父亲和盘托出，说明这只是用一款打车软件叫的车，司机都是陌生人，就像出租车司机一样。这样父亲就能明白，因为他在我们县城开过一段时间出租车。总之，我的生活千疮百孔，明眼人一眼就能看出，这肯定不是坐一辆好车、吃一顿全聚德就能掩盖过去的。父亲肯定会说，你还不如听我的话回老家，想把门面房留着自己做生意也好，把门面房租出去收租自己再找一份工作做也好，总比待在北京强。

不过，父亲最终并没有来北京。他确实打算来北京看看我，看我是借口，他想跟我商量另外一件事情。当年，亲戚们筹钱给我买下的门面房，父亲在其中自然是出了大钱的。因为我不愿意回去，门面房于是租给了别人开超市，每个月收取租金。这些租金为我保存在一张卡里，等我需要的时候随时都能取用。不过，父亲显然因为这个遇到了麻烦。弟弟比我小几岁，由于我迟迟不愿意结婚，弟弟的婚姻便成了家里的头等大事。弟弟并没有上大学，而是念了技术专科学校，毕业后也很听父亲的话，留在他们身边工作，看起来是一个更加靠谱的儿子。现在这个儿子到了适婚年龄，父亲需要准备很多东西，包括房子、车子和礼金。虽然弟弟另外还有一个亲生父亲，但弟弟是跟着他的母亲过来和父亲一起生活的，父亲对他的婚事自然责无旁贷。事实上，自从继母嫁过来后，父亲对待继母的两个孩子确实视同己出，相比之下，我反而是受到冷落的那一个。但在父亲心中我是长子，也就是老大，自然要让着点弟弟妹妹。为了让弟弟匹配到一个家境优渥的妻子，必须让弟弟具有门当户对的筹码，为此继母颇为精明地看上了那三间门面房。既然我一直没有回去的打算，为什么不能让弟弟在名义上拥有这些房地产，而事实收益人仍然是我呢？说实话，如果父亲或者弟弟真的向我提出这样的要求，我没有不答应的任何理由，在我内心深处，这三间店面让我如芒在背，是不断提醒我让我回去的存在物。我甚至愿意放弃这些，不管是转给弟弟所有，还是把这些收益留给父亲养老，我都毫无意见。当初他们凑钱买房子的举动，已经让我非常为难和痛苦，我坚决不回去，也相当于一次表态，甚至都不敢回去参加姑母的葬礼，因为我听说他们已经商量好了一旦我回去就不让我再返回北京，不管我在北京工作如何，有没有女朋友，房子租了多长时间。更可怕的是，他们觉得这是在代替我死去多年的母亲行使权力。很显然，他们觉得父亲多年来在对我的问题上是失职的。这甚至让我忽略了姑母对我的爱，而我的失礼之举让我更加逃离。继母觉得我已经逃得远远的，不可能再回去生活，既然我是走失的那个儿子，为什么不能对留在身边的儿子更好些呢？父亲计划来北京，就是想和我当面商量这件事。如果他真来了，我会跟他说我的一些事情吗，例如一个住别墅的女人和一个住地下室的女人，他会觉得他的长子已经变成了一个怪物，好像离开他们时间久了，就越来越陌生，也越来越无法理解。父亲最后没有来北京，是因为他已经不用来北京。关于房子的事情不幸被我的那些亲戚知道了，不知是谁走漏了风声，他们坚决反对对房子的任何移作他用。他们说，即使弟弟是父亲和继母所生，手臂伸得再长也够不到这所房子，房子只能归我所有。事情闹得沸沸扬扬，弟弟妹妹觉得很丢人，他们的身世再一次暴露在大庭广众之下。他们的母亲觉得很尴尬，她俨然成了众人眼中那个邪恶的继母。父亲很没有面子，我已经从他身边逃跑，而他视若己出的弟弟妹妹也随时可能和他再没有任何关系。几个月之后，父亲竟然和继母离婚了，具体原因谁都不清楚。继母带着她的一双儿女离开了父亲，好像她们只是在这个家中寄居了十几年。我完全没有想到在我为父亲来看我这件事惴惴不安的时候，家里发生了这么多的变故，而且似乎都和我深有关联。

你肯定还记得朱文有一篇小说，写父亲来看望儿子，儿子希望用男人的方式好好招待父亲。这是一篇让人大吃一惊的小说，至少我当年读到它和现在想起遥远的书中内容，都会觉得大吃一惊，惊讶没有任何掉色，好像我也从来没有长大。我的父亲现在已经离异，恢复了单身，在我看来不算是坏事，至少他可以在人生垂暮之年过上他想过的不受任何羁绊的生活，去他想去的随便什么地方，甚至和比他的儿子还年轻的女孩谈一场恋爱。这些都是可能的，为什么不呢？几个月之后，我打算结束在北京的漂泊生活，于是给父亲发了一条短信，表示很遗憾他没有能够来北京，而我因为工作关系即将离开北京。父亲在短信回复中说，他现在在深圳，和一个朋友一起创业，他投进去了不少钱，希望能够尽快发笔小财，回去给弟弟买几间门面房，不能厚此薄彼。他是这样说的，不能厚此薄彼。好像这样说，我和弟弟就都能原谅他，或者我和弟弟就会相亲相爱。好像这样做，继母就准备好了再次回到他身边。我第一次发现我其实一点不了解我的父亲，而他曾经无数次抱怨说他不理解我。我开始为他担心，觉得这笔钱很有可能打水漂，最后颗粒无收，他未来的生活必将窘迫，为了躲避这窘迫的生活，父亲很有可能成为一个五十多岁的疲于奔命的逃跑家，像他年轻的儿子此刻正在做的一样。同时，我也松了一口气，还好我离开北京后的首站是杭州，本来我还一度犹豫着要不要去深圳，因为据说那里的钱好挣，幸亏没有成行。那么好吧，我亲爱的父亲，看看我们这对跑来跑去的父子，此后究竟会在中国的哪座城市意外相逢。

洞中男孩

1

"还记得我经常跟你讲过的一个小故事吗？"他坐在大厦十八层熟悉的咖啡厅里，按照预先想好的计划给他的朋友打电话。

朋友是一位警察，是他在这个城市最好的朋友，一位理想的倾听者。

"村里的几个孩子在冬日里玩捉迷藏。其中一个男孩躲在草垛洞中，藏得如此深、如此久，以至于他的小伙伴不仅找不到他，还把他忘到脑后，便直接回家了。他等不到伙伴来找他，又不想轻易主动走出去，竟然睡着了，在那个洞里。"他点了一根烟，并没有吸，只是夹在指间，看着烟气袅袅上升，继续说下去。"我就是那个男孩。我想你们肯定早都意识到了，只是不愿意点破。在这个世界上，谁会如此在意别人的故事，并一再不厌其烦地讲起呢？现在，我要躲回我的洞里去了。"

他说着，在烟灰缸里捻灭了烟头，慢慢的，轻柔的，好像不忍心让烟头受到更大的损坏，又似乎还打算在必要时重新点燃这根烟。但是，不会了，这是他亲手点燃的最后一根烟，也是他未曾吸哪怕一口的最后一根烟。

电话仍通着，像是有一股呼呼的风从另一个世界刮过来，他已经完全听不见警察朋友在电话那头激动地说着什么了，只想把自己最后的话说完。"我现在在一个人，在象咖啡。你可以几分钟后过来。"过来干什么？他没有说，也不需要说了。

一个人打定主意要干什么，全世界都会很快知晓。一个人抢在全世界之前知道自己接下来要做什么，这应该是其最大的仅有的谁也剥夺不了的自由吧。他这样想着，招呼服务员过来买单，随后，他很快走向咖啡馆这个封闭空间的南墙，爬上半人高的安全栅栏，推开窗，纵身跳了下去。

白云悠悠，说走就走。

那个警察，姑且称之为老朱吧，接到朋友电话的时候正在出勤。开始时老朱只是接听，这个耳熟能详的故事，聚会时朋友曾多次提及，但从来没有像这样在电话里说起过，不免觉得奇怪，职业习惯让老朱竖着耳朵警惕起来，等到朋友说要躲回洞里，老朱便意识到要坏事，只恨无法通过两部通话手机的连线穿越到象咖啡，阻止朋友做傻事。

象咖啡位于云鼎大厦的十八层，他们经常在那里小聚，喝咖啡，神聊穷侃。那一瞬间，老朱仿佛看到朋友就坐在他们常坐的位置上，高谈阔论，谈笑风生，然后突然起身快步走向那扇便于打开通风换气而没有焊严的窗户，一点也不拖泥带水。

"你有从十八楼跳下去的勇气吗？"这句话此刻异常清晰地在脑中蹦了出来。很难想象，他们曾坐在离地近五十米高的咖啡厅里，无数次煞有介事地讨论这个话题，好像这是一个玩笑，或者仅仅是富有诗意的哲学问题，抑或是一场无聊透顶的语言游戏。

这当然不是一个玩笑。现在老朱反应过来，他的朋友在讨论的时候，或者是不断尝试努力推开死亡的诱惑，或者是反复汲取积累那纵身一跃的勇气。老朱立即驱车赶往出事地点，同时利用总控台向云鼎大厦附近的同事求援。老朱深知此事此时已经不抱希望，但又不愿意轻易放弃，期待有任何奇迹降临。城市的交通是如此拥堵，老朱再一次深感绝望。哪怕老朱现在开的是警车，哪怕警笛长鸣，也无法夺路而出，老朱只能在驾驶座上，深陷在静止的车流中，连喇叭都懒得摁了。朋友所说"洞中男孩"的故事，其开端、发展、结局，慢慢地、一层一层地、清晰地涌现出来，像地下深处喷涌出的泉水通上了电。印象特别深的是，当男孩从藏身之处走出来，他的母亲把他紧紧搂在怀里。男孩的家人都以为他已经死了，他的再度现身，不啻死而复生。这是一个关于失而复得的孩子的故事。失而复得，弥足珍贵。然而，老朱的朋友，那个从洞开的窗户钻入天空又一次躲藏起来的朋友，再也不可能失而复得了。想到这里，老朱已经泪流满面。眼泪在老朱脸上蜿蜒，就像朋友多次提起的故事里村边那条瘦弱的小河。

2

快吃晚饭了。

大年三十的年夜饭是如此重要，很多出门在外的人都要紧赶慢赶，乘火车，搭轮船，坐汽车，最迟也要在下半天太阳落山前返回家中，一家老小男女围坐一桌，吃上一顿热热乎乎的团圆饭。然而，有一个男孩没在饭点回家，也许他在外面玩疯了，连肚子饿都不知道，更顾不上。

眼看着天色一点点暗下来，母亲沉不住气了，先是走到大门口高喊男孩的名字。即使男孩在村边埋着头玩耍，也能听得到从自家门前升腾起的那几朵声音。可是，男孩既没有应答，也没有闻讯很快出现在家门口，低头接受母亲的数落。母亲还是习惯性地忍不住朝着空气埋怨两句，灶上还烧着晚饭，她喊了两声便返回屋内。过了一会儿又出来，已经解下围裙，这次是挨家挨户去找了。

男孩的奶奶和两个叔叔家都没有，一天就没见过他的人影。几个常在一起玩的伙伴家，那些孩子都在，老老实实坐在饭桌前，已经捧着饭碗在吃晚饭。他们下午还在一起玩来着，捉迷藏，办家家，但后来就分开各自回家了。

孩子会去哪了呢？母亲开始着急，父亲也坐不住了，他们扩大范围四下搜寻男孩，叫声急切而慌张。有一个邻居告诉他们，太阳还有一扁担高的时候他不经意瞥到，男孩在河坎下走着，但不清楚是男孩落单一个人，还是有其他孩子在一起，他没有特别用心。

声音沿着河岸，远远到了村外，慢慢又返回村里，父亲的已经嘶哑，母亲则夹带着明显的哭腔。男孩的爷爷奶奶，两个叔叔和两个婶婶，都加入到了高喊男孩名字的行列。凄切的寻人声，夹杂在远近的爆竹声中，似乎也像爆竹一样被撕裂扯碎。随着时间一点一滴地流逝，暮色越发凝重加深，找到男孩的希望也越发得渺茫。

从男孩不见了，越来越滑向男孩没有了。虽然谁都不点破，但所有人几乎已经默认了这个事实。男孩没有了。这个消息很快传遍村里，甚至河对岸的人家也尽知晓。陆陆续续有人捧着吃饭碗，从家里汇聚到河岸上，稀稀落落的两排人影中，不断有人填充进去。河岸上，男孩的奶奶和母亲终于开始大放悲声，抱头痛哭，捶胸顿足，哭喊着："怎么办呢？"越来越撕心裂肺。两个婶婶须在旁边小心尽力扶持着，不然人早就弛到了地上。男孩的爷爷、父亲和叔叔们在商量，他们要尽快下一个决断，男孩也许失足滑入冬天冰冷的河水里，早已经淹死。他们必须下河去摸尸体，把男孩摸上来，难道要等到初一上午让来往拜年的人撞见河里面漂着一具尸体吗？

这是一个暗星夜，一床河水幽暗无声，微微泛着点光，那是临河房屋窗子里漏出的灯光，还有河岸上站着的人们手里高高擎举着的火把或者手电筒，映照在水面上。远远望过去，好像春天的篱笆上攀缘植物星星点点绽放的白色小花。

四个男人，男孩的爷爷、父亲和两个叔叔，齐刷刷脱去了棉衣棉裤，只剩一条短裤，身体发着白。一瓶白酒被轮流灌入喉咙，在肚子里燃起啪啪响的火苗。他们从码头处下到河里，河水被惊动了，漾起不安的浪头。他们并排着往前摸，像冬天全身套在皮裤里的捉鳖人，也像夏天将大半个身子匍匐在水中的捕蚌客，激发出哗哗的水声。

河的两岸，第一次聚集起了这么多人，偶有小声交谈，大多数时候沉默着，踮着脚，够着手，让火把和手电尽量抬高，慢慢地随着水面的动静挪动，不仅给河里的人照亮，似乎也希望能借此为他们驱赶寒意。这么冷的天，泡在冰冷的河水里，该是多么的冷啊，连岸上的人都冻得手指头快要断落，牙齿打战，咯咯作响。但大家都抿紧了嘴，不愿意轻易吐出这样的话："别在河里摸了呀，几个大人身体再冻坏了，可怎样好呢！"潜台词是：孩子没就没了吧。可是这么残忍的话谁能张口说得出，就都紧咬着上下嘴唇。岸上又有几个男人开始默声不响地脱衣服，新的一瓶白酒被喝干，他们扑通扑通下到河里，让前面的人歇下来喝口酒回暖身子骨。

现在河里突然意外热闹起来，打赤膊的男人们分成两队，沿着两个方向蹚水、潜水，把河水蹚得更浑，天空似乎也因此变得更加模糊昏暗。岸上的人自动分为两个方向，随着水声的指引移动着脚步。每个人的心里都在焦虑地回荡着那两句话："摸到了吗？""还没摸到啊。"但谁都强忍住，既不问，也不答。

在那几个小时里，人们忘记了这是大年三十的晚上。死亡和新年，就好像河的两岸，区别那么明显，连接却又极其自然，一步而过。在巨大的悲伤面前，除夕的喜悦被挤到了一旁。这注定是一次令人意外的守岁经历，所有在场者都终生难忘。

在这样一个萧索寒冷的夜晚，因为一些勇敢的男人像下馄饨一样纷纷下到河水里，这条河流仿佛突然提前进入了夏季，喧哗骚动，并且具有了暖人的水温。在夏天，村里的男人们常常会自发组织起来，每个人拎着赶罾子，下到河里，排成一排或者两排，整齐有序地往前赶，一边用脚将身边的水尽量搅浑。情景是多么的相似，岸上的人焦急地等着河里的人一旦将大鱼抛上来，便扑过去手忙脚乱地按住。水里的那些鱼儿都惊慌失措，又看不清情况，纷纷钻入网罗中。一遍赶到头，再往回赶一遍，两遍赶下来，河里的大鱼基本就全落网了。人人满载而归，傍晚的炊烟也沾染上了河鱼的新鲜美味，看上去香气四溢。要等很久，被翻搅混乱的水面才会渐渐澄清，恢复之前的平静。只有河流自身知道，人们从它体内取走了丰美的物产，这正是它滋生并馈赠给依水而居的人群的食物。有时，它也会从人类那里擅自取回一些礼物，尤其是喜欢幼小的没有长大成人的孩童。

3

每年春节前是他最为焦躁不安的时期。他像无头苍蝇一般乱飞乱撞，以为明亮的地方都是出口，每次却又拖着疲倦的身体迫降原处，和朋友们打招呼。是的，他又回来了，像远行归来客，像刚休完美妙假期的人。事实上，他或许哪里都没有去，只是像一个一头扎进冬眠的小动物，在某个不见天日的地方挨过了必须要熬过去的几天、几个月、数十年。大睁着双眼，默数着时日。

有一次，他一个人去了山里，一路上几乎撞不见其他的游客，但不时会涌现一两处人烟。他往大山的更深处走，心里冒出韩东的那首题为《山民》的诗歌，感觉自己是选择了逆行进山的山民后代，或者像那些谈不上喜欢却天性必须洄游的鱼类一样，受着磁场指引，不达目的地誓不罢休。不过，他的人生从来没有明确的方向，他信奉走一步看一步，走走停停无所谓，甚至退返原处也不打紧。所有这一切或许早就校准，难以偏离和动摇，只是他无从得知，亦不愿深究。一个虚无主义者，好比一个厌倦了看似刺激其实无趣的跳棋参与者，早就丧失了最初可能存有的热情，越来越懒得为继，并倾向于尽快结束这无聊的过程。他是一个虚无主义者，对此他早就向外界袒露无疑，但奇怪的是，他越是这样强调，别人越不觉得他是，包括朋友们，大家都认为他只是口头上说说而已。如果人生就像王杰歌中所唱不过是"一场游戏一场梦"，那也是有能力的人参与的游戏和有才华的人织造的梦。

在群山之中，他奇迹般地邂逅了一座长满了柿子树的山坡，一片像是完全野生的柿子林，但从柿子的形状和颜色来看，必然汁液饱满，异常可口。没有人来收获，也没有人来打扫。枝头还挂着为数可观红彤彤的柿子，地上更是落满了数不胜数的千疮百孔的柿子。这些离开枝头的冻柿子敞开着各种各样的伤口，像冻住了一般固定在落脚之处，静静地腐烂，等待着彻底消失。必须挨过很长的时间，或许要等到来年的春暖花开，微生物和虫蚁再度活跃起来，才会把这些在大地上受伤的柿子的痕迹完全抹去。

他仰躺在又冻又烂的柿子中间，看着空中那些略显寂寥参差疏落的高挑在枝头的柿子们，这些奇怪的红灯笼，为什么它们会如此恋栈。冬日的阳光斜射下来，山风时紧，摇晃着树枝。远处又有柿子从高处跌落，皮开肉绽的沉闷声触耳可及。他盯着自己眼睛上方的那几颗柿子，心里默念着它们会不会很快脱离枝头，痛痛快快地砸在他身上。他看了许久，风声渐渐大了起来。在几座山峰之间，空气如同水被贮存起来，风声像极了浪涌。或许他就是一颗太早被解开树枝束缚的柿子，青涩坚硬，在地上砸了个深坑，却毫发无伤，自此之后，静静等待腐烂、挥发和消失。可是，他被忽略了，被禁锢在了时光里，好像他越是提前离开枝头，他就被越久地禁足在那个地方，哪里也不能去。即使无所不有无时不在的重力，也不会对他发生作用。他在，却又不在，地心引力既看不到他，也感受不到他，更无法给他精确导航，让他得以从容掉落。

那么问题来了，如何向他，向这颗曾经擅离枝头的果实，描述自由落体运动？

很久之后，警察老朱还是无法接受朋友从十八层高楼一跃而下的事实。就像雨天傍晚大厦能源灯照出的纷杂雨线其中之一条，一个人在重力地裹挟中呼啸而下，几乎就是眨眼的工夫，像一袋水泥猛烈地拍在地面，然后徒留下一个奇怪的不规则的白线框架。如果是规则的，那是不是会显得太奇怪？

老朱抬头仰望，根本无法辨认出十八层是具体的哪一层，总之很高。七层以上都很高，十八层很高，三十二层也很高，很高的楼层连在一起，形成了危楼的既视感。只有在电梯里，依赖数字显示，他才能确定自己去的是十八层，而不是十七层或者十九层。这些有什么区别吗？一个人从十八层跳下来，或者从十七层跳下来，或者从十九层跳下来，有区别吗？"危楼高百尺，手可摘星辰。不敢高声语，恐惊天上人。"十八层接近百尺高，十八层以上还有那么多层，是不是住在里面的都可算作天上人？天上人是特指那些死去的人，还是寓意待在洞天福地享福的神仙？

仰望久了，老朱似乎看到一枚枚柿子从天而降，砸在松软的山坡上，但不知道这是一枚未经岁月的青柿子，还是一枚饱受风霜浸染的熟透了的老柿子。老朱不知道朋友化身为哪一颗柿子，以及，他能不能张开手顺利地接住？

在老朱看来，朋友一直是很奇怪的人，不仅因为他总是重复讲述一个男孩躲在洞中的故事，还因为他似乎从来不和家人一起过年，每当春节临近，他筹划的从来不是回家团聚，而是独自一人去什么地方待两天，好像他已经没有在世的亲人，特别是每次这样的外出他总会有奇怪的遭际，比如遇到一片野柿子树之类。远足野游，碰到什么桃子林或者猕猴桃林并不足奇，但有几个人会和落了一地的半腐烂水果躺在一起，并产生自己也是其中之一的幻觉呢？或许是因为时间的缘故。春节前后，怕也是只有柿子树，其果实虽然大半落尽，但还是少有几颗残留枝头。实令人触动于心，才会让朋友黯然卧于满地的柿子中间吧。

让老朱更骇异且不安的是，朋友脑子里似乎总会按捺不住地冒出奇奇怪怪的念头。假如朋友在云深不知处的地方真的变成一枚柿子，说不定还真是一件好事。人生天地间，忽做远行客，有什么不好的呢？朋友的问题是，他太潇洒了，潇洒得有点过了头，反而隐约透露出一种说不出的悲凉。老朱还记得初相识那会，自己是一个刚从警校毕业的警察，朋友是一位外贸公司的经理，因为一次经济纠纷引发的案件打上交道。两个人年龄虽然相仿，经历却截然不同，好在性格相投，一来二去遂成为好友。朋友那时已经小有成就，却突然辞去工作，好好的似锦前程说不要就不要，理由让人哭笑不得：害怕在一行工作久了，人会困进去。

这些年来，老朱目睹朋友换工作如家常便饭，让人艳羡的是，每份工作都很不错，而且朋友总是能够很快做出不菲业绩；让人遗憾且不解的是，每到这个时候，朋友都会无一例外地提出辞呈，不顾用人单位再三挽留，翩然离去。给外人的感觉是：不要太潇洒哦。老朱甚至可以断定，哪怕是朋友现在手头的这份工作，只要他安心干下去，很快就会跻身所谓的成功人士行列。朋友的感情问题也是如此，他身边莺莺燕燕的从不缺乏，但似乎一到谈婚论嫁，必然以分手告终。按照朋友的自嘲，一个人永远不停下来，这样的状态也挺好；生活一旦稳定，人就难免陷入困局，再想挣脱难于上青天。

一直以来，老朱都觉得朋友是一个特立独行的人，让人乐于接近，却始终难以理解。不管怎么说，朋友的那番解释太过牵强。按照朋友的理论，老朱毕业至今一直做警察，即意味着被警察这个职业困住了，老朱从恋爱到结婚，都是同一个对象，也是被困住了，这么说来老朱就是一头十足的困兽。有时候碰上绕不开躲不过的烦心事，老朱夜不成寐，也会思考这个问题，想着想着他豁然开朗。如果他老朱是一头困兽，显而易见，朋友更是一头困兽，所不同的是，一个既来之则安之，一个落荒而逃困兽犹斗。朋友不仅是一头慌不择路的困兽，同时他还是被拘禁在冬日枝头的一颗冻柿子。虽然且战且退的困兽和渴望纵身离开枝头的残留柿子之间，究竟有什么样的隐秘联系，老朱一直没有想明白。他也不想弄明白，有些事还是糊涂些好。

4

秋收之后，晒谷场上或者屋舍旁边就会垒起大大小小高矮不一的草垛。村民不知道的是，从草垛堆成那一天开始，每一个草垛差不多都被男孩们掏出了以供藏身的洞穴。有的大一些，里面简直就像一个茅草棚子；有的小一些，大概也有一张单人竹床的面积。有的男孩好不容易掏出了一个洞，转身自己就给忘了，要等到稻草慢慢被抽出烧完，主人家才会发现草垛中心还码着这样一个窝。像是有精灵居住过，里面遗留了一些打磨得发亮的石头，一些瓜子花生壳，一些糖纸，或者一丛羽毛，甚至有蛇蜕和龟壳之类奇怪的东西。

在捉迷藏这个古老的游戏中，参与者必须遵循一个原则，躲得好，找得准。如果任意一方敷衍了事，游戏多半就会进行不下去。比如，躲的人不想挖空心思躲，直接站在找的人旁边，甚至不用转身就能一眼看见；或者是找的人不肯十分用心找，随便转一圈就宣布失败，声称自己找不出任何一个藏起来的人；甚至一方擅自把另一方晾在角色之中，直接单方面撤退出游戏。这些都会导致不欢而散。好在年幼的时候每一个热衷于捉迷藏的孩子都很投入，只有到了一定的年纪，比如结婚后，才会有人借着捉迷藏的名义，等到妻子在家中藏好，却转身带上门，走出家，从此踪迹全无，下落不明。

　　男孩怀着不能被寻者轻易找到的期待，兴奋而又小心翼翼地甩掉假想中的尾巴，确定没有人能够看见自己后，他在一座碉堡一样的圆形草垛前停了下来。金黄色的草垛，给人以吃饱了饭的充实感。稻草的根部齐刷刷的一律对外，抽拔出其中的一捆之后，露出一个黑黝黝的通道，瘦小的身子便能像泥鳅一样钻进去。顺着稻草根桩，往稻草尾巴上滑行，似乎再一次攀附于秧棵的生长，体会到拔节、灌浆和成熟的快乐。草垛的内部已经被掏出一个洞，有拖拉机车厢或小船中舱那般大，跪着的话能够直起腰，转身打滚也不在话下。男孩返身爬回洞口，拎起斜靠在外面的那捆草，身体往回缩，拽着稻草尾巴，一点一点地重新将活动的那束稻捆填充进缺口。入口处的光圈就像发生了日全食一样，慢慢被黑暗覆盖。待到这捆稻草的尖尖和其他稻草一样齐平，料定从外面看全无破绽，男孩这才松了一口气。这时，洞里面已经漆黑一片。伴随着黑暗一起降临的，是突然被放大了好几倍的声响。男孩的举手投足，都会激发起稻草干燥的咔嚓声，似乎稻草们在扯着嗓门吵架。声音像打雷，如果这个时候有人从草垛旁经过，一定会听见的。男孩小心翼翼地躺了下来，尽量放平自己的身子，手脚一动不动，只有轻缓的呼吸，引发鼻翼旁的稻草叶子微微摩擦。鼻息可闻，心跳像打鼓，甚至血管里血液的流动声也渐渐清晰可感。

男孩龟缩在洞穴之中，凝神谛听草垛外的动静。两只狗间或叫两声，轻盈地跑过去了。一个男人重重地咳着，吐出一口卡在喉咙口的浓痰，脚步声一下两下地走远了。更远处一颗小鞭炮发出啪的一声断响。男孩确实找了一个不错的藏身之所，小伙伴到现在还没有出现在周围就是证明。也许用不了多久，他就会捕捉到对方宣告失败的声音，恳求他从藏身的地方出来。但是，对方也很有可能埋伏在外面，和他比谁更有耐心，如果他沉不住气，想要推开机关探头出去察看，对方就会从旁边突然跳出来，对着他哈哈大笑。那样一来，他就失败了。他费尽心机的躲藏会被沦为大家的笑柄。对方棋高一着，比他更高明，更有办法。再没有什么可躲的地方了，也许真像他们冷嘲热讽的，只有躲到坟墓里去，才不会被找出来。他不能冒这样的风险，一定要等到对方明确认输之后，才能从蔽身之所中出来。

草垛洞中不仅黑暗，而且温暖。寒意被阻挡在外面，一丝丝风也渗透不进来。这些被割倒、晒干、捆扎、码堆的稻秆，微微有些霉味，仿佛它们一生所吸收的泥土和阳光，还有河水、雨水、露水和汗水，混杂在一起发酵后散发出的味道。就好像晒了一下午日头的被子，搜集了大把的阳光和温暖，让人安心，很容易滑入香甜的梦乡。

男孩睡着了。身下的生稻草被膝盖碾来碾去，已经压得半熟了，一点也不硌人，像一张温暖柔和的草铺。他睡得如此香甜，竟然错过了他的伙伴扯开喉咙大声认输的喜讯，他的母亲唤他回去吃夜饭的声音也没有听到。

草垛洞里的黑夜比外面来得更迅疾。当男孩睡醒时，他清晰地听到了天空中爆竹的声音。那些二踢脚从四面八方升上夜空，在他头顶聚集，发出欢快的砰啪二重唱。今天是大年三十，他竟然错过了晚饭的时间，回去不知道要被怎么骂。就像母亲惯常数落的，一年骂到头，三十晚上也要弄顿生活吃吃。这倒还不是问题，脸皮厚就能应付过去，因为初一就只许说吉利话，不敢说丧气话了。可是，外面还有其他一些奇怪的人声。他的奶奶和母亲在哭。哭得太伤心了，男孩只在亲戚的葬礼上听到过她们类似的哭声。是不是家里死了什么人？他又听了一会，才知道原来是自己死了。她们在哭的不是别人，正是他。

"你们猜，男孩究竟死了没有？"他习惯在这里卖一个关子，抽一根烟或者喝一会茶。大家都很配合，装作在认真思考，并热烈讨论。如果男孩再也没有出现，显然他就是真死了；如果他出现在家人面前，那么他就还活着。在座者很快分为两派，双方据理力争，谁也说服不了谁，最后齐齐听他高见。

"男孩没有死。按照现在流行的说法，男孩只是被死了。"他说，不失时机地往里面加入新的网络流行词汇。

"他的家人以为他失足落河而死，很多人下河去打捞他的尸体，有的还因此得了重感冒，甚至更为严重的伤寒。这些都扯远了。

094

"但是男孩确实没有死，可以说毫发无伤。村人看到他在河边走，是在他们几个小孩玩捉迷藏之前。在捉迷藏的时候，男孩避开其他人，神不知鬼不觉地躲进了草垛洞。然后他不小心滑入了梦乡。"

"在他睡着时发生了很多事情，他都不知情。"

"他的小伙伴找过他，甚至怀疑过他很有可能躲在某个草垛洞里，但是村里的草垛太多了，草垛洞也太多了，他们不愿意一座座挨个问个遍，于是放弃了。他们觉得他更有可能违反游戏规则私自一个人跑回家了。他们没有找到他，几乎是带着对他的怒气作鸟兽散，毕竟晚饭的时间也快到了。

"他的家人像呼唤家里的阿猫阿狗一样喊他回家，他也没有听到，因为那时候他睡得正香，除非把草垛整个掀翻，他才有可能惊醒过来。

"事情正是在此处发生了质变，所有人不知道他在哪里，他也一直没有出现，大家自然都会往坏处想，以为他没了。

"在乡下，孩子早夭的不幸事情时有发生，但因为没有长大成人，对外人的影响几乎没有，不会火化尸体，不会摆丧席通知三亲六眷，甚至不会置办棺材，只会请一个村里的孤寡老人，把孩子的尸体草草埋葬了事。像洞中男孩这次，为了找到他的尸体，几乎把整个村子都惊动了，绝无仅有。

"之所以这样，是因为此事发生在特殊的时间，那就是年三十晚上。这里又要扯到另一习俗。秘不发丧并不是宫廷剧中皇帝老儿的专享，事实上在民间，如果一个人在过年前几天离世，其家人也只能等到年后才能通知到亲戚，并请来八音鼓手。那几天，死人和活人是待在一起的，就好像死者仍活着一样。

"如果男孩真的淹死了，他的家人把他的尸体打捞上来，也会强忍悲伤，装作男孩依然活着，即使要哭泣也不能太大声音，以免影响到隔壁邻舍正常的过年。这样一来，就不难理解男孩家人的悲伤何以至此。即使事后证明男孩并没有出事，他只是在草垛洞里睡了一会儿，在他家人那里，他们可以破涕为笑，但悲伤却很难一下子倾倒干净，残余的悲伤，完全等同于这个儿子真的失去了一次。

"当到最后，洞中男孩钻出他的藏身之所，走向岸上排成一条长龙的人群时，第一个见到他的人，竟然吓得扔掉了手中的火把。他的母亲一把将他揽在怀中，说出来的第一句话也是：'你到底死到哪里去的啊，把我们都急死了你知道吗。'"

"男孩回来了，没有事了。河里的男人们赶紧上岸穿衣服，在河岸上站麻双腿的人也都往家走。似乎只有男孩一个人深陷自责，他毁掉了大家的年。自此之后，他再也不能像以往那样盼望过年了，春节对他来说甚至更像是一种煎熬。"

濒死是一种什么体验？死后复生是怎样的感觉？如果很多人都认为你死了，那你死了吗？如果一个人冲着你喊"死去吧"，你真的会死去吗，像受到最最可怕的诅咒，还是会死掉一点点？所有的这一点点，日积月累是不是就堆积成了死亡本身？

朋友失足坠楼而死后（警察局的死亡鉴定书上这样写着），警察老朱想不明白的问题越来越多。想不明白也没有关系，至少生活不会受影响，毕竟这些问题都只是和死亡有关，和生命有关。老朱很想在朋友死后完整地复述一下洞中男孩的故事，但困扰于从何说起，又头疼在什么地方结束。

在男孩藏入洞中之前，世界仍是他所熟悉的世界，但等到他从洞中走出，世界已经完全变了。呈现在他人和男孩眼中的世界，就像是硬币的两面。死亡过早地侵入了男孩的意识，他人用生眼看世界，男孩则用死眼看世界，犹如倒悬。

那么，索性就让洞中男孩的故事从男孩走出藏身之所开始吧。

他在第一个看到他的人眼中看到了死亡，第一个和他说话的母亲脱口而出的第一句话也是死亡。此前他在听闻到奶奶和母亲的哀哭时，意识到那个可能的死者恰恰是自己。

接下来，他的爷爷奶奶先后辞世。他的父亲成了病秧子，他的一个叔叔得了肺结核。家族矛盾凸显。他的母亲只身远赴上海做帮佣，除了按时寄钱回来，好像和这个家庭再无半点关系。

他在那条河里无数次遭遇过自己的幽魂，也许只要他坚持躲在洞中不出来，他的尸体就会被人们从河中打捞上来。在那一刻，他僭越了，竟然一脚跨进了无数条河流。他还想全身而退吗？

直到朋友口中的洞中男孩变成了老朱口中的朋友，老朱才释然，他还是更熟悉自己的朋友，而不是朋友的前世，那个普普通通的在捉迷藏游戏中迷失的男孩。不妨把时间推回到深山偶遇柿子林那一幕。朋友原本想要找个山穷水尽处，脱光衣服，赤裸全身，漫山游走，形若疯狂或失忆，最后精疲力竭，托体同山阿，但是漫山遍野的柿子让他改变了主意。他觉得他不配。于是回到城市，生在人世间，死亦在人世间。

至此，老朱似乎想明白了一件事：很多人只是生活的困兽；但一定有人是生命的困兽。

洞中男孩，远行乎！尚飨！

三哥的旅行箱

三哥终于决定要来北京工作，我们都很兴奋。

早在2000年那会，此时住一起的这几个人——老猫、胖子、玩二、粉擦、大象、旺财——和三哥在网上论坛里就认识了，随着陆续来到北京，大家始终住一起，先是三环里的一处地下室，后来是六环外偏远小区的两居室，一是图便宜，二是有分担，三是显热闹。当时北京的地铁线路才修了三条，二号环线、一号线和一号线的延长线八通线。我们就住在八通线东端的末梢处。

三哥来北京，需要先从石家庄坐火车到北京西站，然后沿着羊坊店路一路往北，步行来到军事博物馆站，坐上一号线，到四惠站或四惠东站再换乘八通线，一路往东直达目的地。一路上，三哥在手机短信里一直揪住一个问题不放，为什么四惠和四惠东都能换乘八通线，设两个紧靠在一起的换乘站究竟是几个意思。这个问题把我们难住了，当时我们几乎没有注意到这一点，也压根想不起上下班高峰拥挤的特殊情况。平时我们都不上班。三哥正好赶上了下班的点，他在四惠东眼睁睁看着两趟轻轨开走，人多到根本挤不上去，不得已返回四惠，排起长队，又等了两趟，终于踏上了八通线。就这样，等三哥不远千里摸到我们住处的时候，早就烧好的饭菜已经凉了，为他准备的冰啤酒也所剩无几。

为了迎接三哥，粉擦、大象从上午起就开始大扫除，老猫亲自下厨整了一桌菜，胖子怕酒不够喝，除了住处的冰箱里塞满了啤酒，又特意让小卖部冰了三箱啤酒，玩二准备了一台麻将，屋子里唯一的一台电脑（旺财的）里播放着三哥最喜欢的成都歌手张小静的《红鬃马》。显而易见，我们精心准备，都拿出了全副本事，努力为即将到访的三哥把住处营造出一个家特有的浓浓氛围。我们希望三哥把这里也当成他在北京的落脚点，和大家吃住在一起，即使挤一点又何妨，要知道空间是海绵里的水，挤挤总是有的。为此，玩二还主动提出要把沙发让出来给三哥睡，他曾经为了这张沙发床和粉擦爆发了一次比较严重的冲突，因为粉擦后半夜不小心也睡到了沙发上，让玩二误以为粉擦是同性恋。玩二的意思，两居室里住六个男的也就算了，如果里面还夹杂着一个同性恋，那就太恶心了。玩二执意要搬出去，被大家苦口婆心地安抚住了，但格局也被迫调整，本来老猫和胖子住一个房间，大象和旺财住一个房间，玩二和粉擦住在客厅里，现在粉擦和旺财互换了一下。

在等三哥的时候，我们通过摸牌决定，四个人打麻将，两个人看斜头，同时大家都喝着酒，不知不觉冰箱见底，又让小卖部把冰着的三箱送过来，很快又过半，酒涨兴致高，大家都蓄起了酒意，这才突然意识到三哥竟然还没有出现。

主角三哥不是早就应该出现了吗？大象是个爱开玩笑的家伙，趁着酒虫上脑，他建议等三哥来了要略施小惩。我们不知道大象葫芦里卖什么药，另外也不以为意。结果等到三哥敲响门出现在我们眼前的时候，其他人都忙着自我介绍，只有大象正襟危坐，对三哥说："三哥，你应该跪我一下。"我们都蒙了，三哥更是丈二和尚摸不着头脑。大象又进一步一本正经地解释说："每个到这里的人，都要跪我一下，这是一直以来的老规矩。老猫玩二他们都给我跪过。"

大象是第一个来北京的人，虽然老猫年纪比他大，但是比起在北京的资格确实是大象最老。我们都听出大象是在开玩笑，因为并没有人跪过他，他完全是在信口开河胡说八道。就算三哥迷惑于大象的煞有介事佯装要跪，我们当然也会赶紧拦住不让他跪下去。正如大象此前所说，他要对三哥略施小惩，只要不伤筋动骨，就只是哥们之间的一个玩笑而已，无伤大雅。没想到三哥的反应却大出我们的意料，他没有勃然大怒，但也已经离警戒线不远了。三哥没有喝酒，他显得很冷静，和我们的赤皮赤脸形成了鲜明的对比。我们听见三哥一字一顿地说："你说什么，有种你再说一遍。"大象倒不好意思了，嗫嚅着难以为继。三哥环视了一下四周，说："算了。我想我是来错了地方。"话一说完，三哥立刻扭头找他的行李箱。一旦三哥拿到他的行李箱，一定会扬长而去，后面会发生什么事情那就谁都说不好了。我们全都扑过去，几条手臂按住三哥，几条手臂拉住行李箱，几条手臂封住了出口。这会儿显示出了人多的好处。三哥走也不是，留也不是，氛围一时颇为尴尬。

到了这时我们才注意到，三哥的行李箱超大，差不多齐胸高了。三哥的个子也就一米七左右，带着这么大的箱子来北京，显然是要长住了，里面说不定就装着他的全部家当。进而我们又忍不住想到，这个行李箱三哥究竟是怎么带上火车的，儿童超高还要买票，说不定三哥为他的行李箱还额外买了一张儿童票。一时间我们对行李箱的好奇远远超过了正在气头上的三哥。

我们七嘴八舌地试图稳住三哥，免得他乘兴而来败兴而归，不然以后北京这么大茫茫人海我们上哪去找他呢？始作俑者是大象，在不太融洽的气氛下，大象意识到他开的玩笑确实有点过了，他怎么会想出这么一个馊主意呢？肯定是喝多了。不要说三哥初来乍到，和大家只是闻名已久未曾见面，就是一起喝过好几次大酒的人，听到这话说不定也要操起酒瓶子干架。大象于是向三哥再三道歉，三哥依旧不为所动，似乎还在谋划着怎么抢回箱子如何夺路而逃。大象没辙了，说：“三哥！三爷！我说话没分寸，要不这么着吧，我给你跪下认错，你看成吗？”大象作势下跪，我们当然也不愿意看到这一幕发生，这多尴尬啊，以后大象和三哥还怎么见面呢。于是本来要拦截三哥的手奔向了大象，把大象牢牢地架住了。大象身子骨小，也没有挣扎。我们觉得索然无味，如果他肥头大耳，我们肯定会把他叉到空中，在屋里耀武扬威地走一圈，然后扔下南天门，把他打入凡尘。

事已至此，三哥这才露出了像阳光一般的笑意，说："好你个大象，给我来这一出。不了解你的人还真要被你唬住了。"一场虚惊，相安无事。老猫重置酒席，胖子又打电话让小卖部送啤酒，大家团团坐下，这才进入正题，把臂把酒言欢。

这是三哥和我们初次见面，也是大家第一次在一起喝酒。我们喝了个通宵，边喝边有人陆陆续续去睡觉，毕竟我们之前就已经喝了那么多，而床铺又在触手可及之处。上午九点多的时候，还在喝酒的只剩下大象和三哥。大象显然是为了向三哥赔罪，但三哥看起来更像是在陪着大象。等到大象也轰然倒下酣睡，屋内便充满了此起彼伏的鼾声。在鼾声中，三哥肯定先是环顾四周，然后拉起他的行李箱，悄然掩门而去。

三哥这样离开，让我们着实懊恼，以为三哥来到北京之所以没有选择和大家住在一块，是因为每个人都太疏忽了，太想让三哥有宾至如归的感觉，结果真就把三哥当成了这里的一分子，没有人想过三哥喝完酒睡在哪里这个迫在眉睫的问题。我们至少应该给他整出一块地方来，以便他能倒头就睡。虽然三哥带着超大的行李箱，也许完全可以把身子蜷缩在箱子里睡觉，但这毕竟是两码事。更自责的是大象，三哥刚来的时候，他一个玩笑差点把三哥给开跑了，三哥走的时候，他作为陪喝到最后的一个人，竟然没有拦住三哥，不仅没有拦住，还压根不清楚三哥去了哪里，一问三不知，简直是严重失职。

三哥有没有想过和我们住在一起呢？来北京之前他估计是

有这个计划的，毕竟这么多人扎堆吃喝睡，想想就让人激动，但见到我们之后他及时打消了这个想法也很正常。三哥和我们不一样，这不是说三哥和我们是两路人，我们归根结底还是同道中人，三哥只是和我们的经历不一样。首先，三哥在石家庄工作了好几年，不像我们在北京一直是无业游民；其次，三哥在石家庄有一个固定的女友，不像我们饥一餐饱一顿的。石家庄和北京虽然相距不远，但我们和三哥却一直没有会师，这也是有原因的。三哥平时要上班，周末陪女友，想凑出时间来北京玩一趟，必须提前做好准备，何况带不带女友一起来，女友愿不愿意见我们，在北京待几天回去，这些也都是让三哥颇为头疼的具体问题。头一直疼下去，三哥的北京之行也就一直存在于头脑里。三哥是上班族，没时间来北京，但我们不需要朝九晚五，有的是时间，为什么不去石家庄呢？这里也有分教，那就是钱。毕竟这么多人组团去石家庄，差旅食宿加在一起，会是一笔不小的开支，所以也没有人敢轻启提议。更何况，如果三哥（最多加上他女友）来北京，我们集多人之力加以招待毕竟容易些，若是大部队杀过去，三哥势必要以一己之力加以款待，即使三哥有工作在身，也一定伤筋动骨，勉为其难。这么说来，三哥和我们，我们和三哥，无论见与不见，都会惺惺相惜，料也不假。

　　按照三哥自己的说法，他是在见到我们一夜畅饮之后，才打了退堂鼓。"你们这帮家伙，就像亨利·米勒笔下的人物，从《北回归线》里跳了出来。我既渴望和你们一起打发漫长而无聊的时光，又害怕这毕竟不是长久之计，难以为继。"原来，在开怀畅饮的时候，善于观察和提问的三哥——短短几个时辰，喜欢皱眉和枯坐的他已经给我们留下了这样深刻的印象——向我们抛出了一个犀利的问题，"这么多人住在一起，平时怎么解决个人的生理需求？"这也是他把我们等同为亨利·米勒笔下人物的重要原因。是啊，怎么解决呢？谁的女朋友——大多都是临时的——来了之后，就给他们两个人腾出一个房间。这就不难理解女朋友为什么大多是临时的，在这样的环境里，想要保持固定的男女朋友关系很困难。只能坚持不见，要见也宁愿选择中间地带或者女孩所在地域附近作为约会地点。这是实情，大家几乎都遇到过相差不离的情况。

　　和三哥碰了几杯之后，大象恢复了些许幽默，他对三哥说："也会碰到这样的情况，同时有三个人的女朋友到访，那就抓阄决定，运气不好的人，只能带着女朋友睡客厅，旁边躺着三个辗转反侧无心睡眠的男人。"说完大象笑作一团。其实这种事情并没有发生过，倒是经常出现在我们的想象里。有好几次，有不是我们任何人女朋友的女孩来玩，大家都想方设法要把她变成自己的临时女朋友，竞争是必然的，过程是温情的，但结果是残忍的，每次都是女孩一个人裹着被单在客厅里睡了一夜，六个男人在一旁打血战到底的四川麻将。更具嘲讽意味让我们不忍回视的是，说是血战到底，却没有多少真金白金，差不多是空对空。很显然，我们用内耗消耗了荷尔蒙的激情，而女孩在安然离开之后，对我们肯定殊无好感，绝对不会再踏足此处半步。

　　三哥显然没有预想过这种局面。他是有女友的人，除了他会频繁回石家庄看望女友，女友肯定也要偶尔来北京玩——视察的另一种委婉说法，他简直不敢想象他和女友要在这种极端环境下相见。他宁愿找间地下室一个人窝着，把自己安顿好，然后再作打算。

三哥很快找到了住处，离他上班的地方挺近，骑自行车十五分钟，坐公交车半个小时。来北京之前他就在网上投了多份简历，并和其中一家公司达成了意向。事实上，他这次来京的车票是能够报销的，如果他没和我们（主要是大象）喝通宵，他完全可以找一家酒店住下，美美地睡一觉，精神抖擞地去上班。费用自然会由这家公司出。这让我们很羡慕。虽然上班是我们不能容忍的，但有时这种待遇却又是我们所羡慕的。我们不想上班，因此就没有这种福利。我们希望享用这种福利，就必须去上班。这是一个悖论，荒谬性显而易见，因此大多数时候我们只把它当成一种语言游戏。

现在回想起来，三哥来京之前跟反复我们说的是："我下个月去北京，到时找你们玩。""我下周到北京，然后找你们玩。""我明天来北京，到了就去找你们玩。"时间悄然逼近，我们想当然地认为三哥到了北京之后就会和我们朝夕相处，这完全是一厢情愿。三哥即使和我们住在一起，也不可能日夜厮混在一处，他说得很清楚，既是要去上班，必定早出晚归，虽然晚上能见着面，但早晨他出门很早，估计那会我们都还在睡觉，谈不上朝夕相处，更何况不住在一起呢？所以在三哥那里，他是来北京工作，这是第一要务，然后才是和朋友们吃喝玩乐。由于要上班，大部分时间肯定不由他做主，疲惫劳累可想而知。住处离公司近，好处是看得见的，但也有坏处，那就是和我们喝酒变得极其不方便，尤其是在下班高峰期赶来我们的住处，简直就像从地球到火星。自从三哥来北京后，我们和他喝酒的次数并不如预料的频繁，其中他来我们住处喝酒的次数更是屈指可数，久而久之，大家都习以为常了。

有一次，端午小长假前一天，三哥的公司提前半天放假，他下午就赶到了我们的住处，拖着他那个巨大无比的行李箱。三哥好不容易订到晚上十二点的票，到石家庄正好上午六点，本来满打满算，正常点下班后回去整理东西，吃了晚饭再去西站，优哉游哉，不慌不忙，现在凭空多出了半天时间，让他很是不好处理，于是索性带着行李来我们这里，完全可以喝到八九点，然后坐八通线到四惠东，换乘一号线到军博，步行走到西站，时间刚刚好。很显然，三哥为这样的安排很是得意。

这是我们第二次见到三哥的旅行箱，离第一次已经过去了半年时光。行李箱一如既往，它的高度让我们叹为观止。大象征求三哥的同意后拎了拎，他以为箱子会很沉手，运足了力气去提，结果却很轻，不免大失所望。我们也很好奇，这是我们又一次对三哥的行李箱产生强烈的好奇心。按理说，过节前回去，三哥少不了要多带礼物，非这样大的行李箱不能胜任，必然会很重。箱子既然很轻，大象不费吹灰之力就将它轻飘飘地提溜起来，想必里面装载的东西很少，既然如此，用这么大的行李箱只会给自己增加负担，何况过节前后，火车上人不可能少，用那种迷你箱不是更方便吗。

似乎猜到我们必然会发此疑问，三哥趁着酒兴，说起了这个箱子的来历。原来，三哥远在石家庄的女朋友是一个山西姑娘，两个人经过几年交往，终于开始谈婚论嫁。姑娘鼓起勇气带三哥回家，大概是丑女婿难免要见丈母娘的意思。准丈母娘对三哥外在形象还算满意，基本首肯了这桩婚事，只是在最后反复强调，别的她没什么意见，就是要有一个大盒子。"婚前是要有个大盒子的嘛。别人家男方结婚都要准备大盒子。没有盒子，我的女儿就不嫁给你了。"三哥没有想到求婚会如此顺利，难免有些轻飘飘的。准丈母娘口中的"盒子"到底是何物，他也没有深究，满以为就是一个大行李箱。他和女朋友这次前来，本着轻装上阵，一人背了一个双肩包，带了些北京的特产，为了减负，烟酒都是到了当地才买的。三哥把"盒子"理解成了行李箱，还想当然地脑补，准丈母娘是觉得背包客不像登门求亲之人，应该拉着一个大行李箱才郑重其事，才够气派。二话不说，三哥第二天就去当地商场买了一个最大规格的行李箱，让准丈母娘傻眼了。不仅如此，女朋友家还不得不准备了很多礼物，才把行李箱塞满，让他们带回石家庄。为此，三哥的女朋友不止一次地埋怨三哥。这个时候，三哥也才意识到，山西方言里的"盒子"，正是房子。当时石家庄的房价并不高，但以三哥的积蓄，还差不小的口子。为了尽快在石家庄买房，而且尽量买大户型的房子，三哥和女友反复商量，才下定决心从原来的单位跳槽，来北京找一份工作。因为北京薪酬比石家庄高很多，在北京干一年，抵得上在石家庄干两年，如果做得好，奖金多一些，说不定能抵个三年五年的。这样两三年下来，就可以在石家庄全款买房，然后顺利完婚。

我们没有想到三哥的行李箱背后还隐藏了一个这么曲折的故事，三哥来北京就是为了多挣钱，以便回石家庄买房成婚，可以说目的单纯而明确，自然干劲十足。让我们更没有想到的是，三哥每次回石家庄都会带上这个大箱子。我们啧啧称奇，问三哥："每次来回都带着这个宝贝，你不会觉得累吗？我们光看着就觉得吃力。"三哥说："怎么会累呢？有时候买不到坐票，只买到站票，站累了反而可以趴在上面睡一会。"席地而坐时，大箱子完全可以当桌子，估计三哥也是习惯了，更何况，这个阴差阳错买来的大行李箱能够一直提醒他，买房的奋斗目标须臾不可忘。每个月乘车三四个来回，半年下来接近三十次，他竟然从来没有买过卧铺票，这在我们看来实在不可思议，对三哥的敬佩也油然而生。如果我们能做到像三哥这样，毫无疑问我们可以生活得更好，能找到更好的工作和女朋友，享用更贵的啤酒和香烟。但我们的闲散已经浸入骨髓，想要短期内主动做出改变，谈何容易。于是我们又为三哥没有和大家生活在一起找到了新的解释，似乎我们早就认同，像我们这样生活的人其生活是没有指望的，一个人想要过上好的生活必须要以我们为戒，以我们为对立面，即使是我们的好朋友也不能例外。按部就班地去工作才能得到循序渐进的生活，这是生活的常识。当然了，作为虚无主义和悲观主义的忠实拥趸，我们觉得即使努力去奋斗，也未必能得偿所愿，因而索性放弃得很彻底。生活毕竟是残酷的，不是画饼充饥，就是望梅止渴，总之变数永远存在，而且大多指向不利的一面。

虽然三哥来找我们喝酒的次数大有水落而鹅卵石出的趋势，我们还是愿意他把喝酒的时间用在回去看女朋友上。周中的时候三哥是上班族，加班就跟加餐加酒一样，我们不忍心找他喝酒；到了周末三哥又摇身一变为探亲族，虽然探的是女友，而女友即将成为老婆，是一个男人这辈子最亲的亲人，我们更不会自私到为了区区喝酒而阻止他回去探亲。看着三哥为了房子为了婚姻一直疲于奔命在路上，我们麻木的身躯终于泛出了一点绿意。也有朋友为这愁来为那怨，所计者无外乎人生大事，也就是女子、房子、孩子。以前我们会视程度不同而冷嘲热讽，但那些人要么是身在福中不知福，是为了第二个甚至更多个女子、房子、孩子在自找苦吃，要么是庸人自扰，无端生疑，没事找虐，不像三哥是白手起家，八字有了一撇去求那一捺，看似水到渠成花熟蒂落，实则惊心动魄险象环生，我们暗地里都替他捏了一把汗。换句话说，我们通过三哥，意外发现这样的生活不乏亮点，充满刺激。打个不恰当的比方，三哥就像在玩火自焚，而我们这些隔岸观火者也有了纵火的冲动。说到底，这是多年情谊产生的作用力，一开始我们想把三哥强势拉入群体融为一体，当三哥游离于群体之外，对我们每个个体也产生了相应的影响力。事实上，正是三哥的出现导致了猢狲散，我们开始正视我们的处境，并做出或大或小的改变，首当其冲的是我们不再住在一起了。我们结束了飘的状态，换了一种方式去悬浮，不再游手好闲，而是把我们夸夸其谈的理想落实到了具体而微的行动上，我们每个人都变得和以前不一样，或者落地，甚至扎根。很显然，我们完全有这个能力，历来所缺乏的不过是态度。我们以前是死猪不怕开水烫，以不变应万变，现在我们像螳螂伸出前臂去阻挡生活呼啸而过的车轮，我们的骄傲自负和不可一世难免要零落成泥碾作尘。可是话说回来，即使躲进小楼成一统管他春夏与秋冬在墙角孤芳自赏，不也一样难逃这样的下场吗？

在这段时间里，三哥的生活也发生了巨大的变化。本来三哥来北京是因为北京挣钱容易些，在北京挣钱而在石家庄买房，这是他和他未婚妻非常一致的打算。就在三哥觉得在石家庄买房的时机已经成熟，这是因为他的钱攒得差不多了，没想到变数陡生，他的未婚妻却突然变卦了。考虑到三哥和她都不是石家庄本地人，而当初他们之所以到石家庄上学和工作，现在看起来更像是偶然而非必然，那么为什么就一定要在石家庄安家呢？特别是三哥在北京的工作也还不错，前景也很光明，为什么不能舍弃石家庄而来北京呢？这大出三哥意料，因为他想的就是在石家庄买房，才能一鼓作气坚持到现在。三哥想起小时候割麦子的经历，他的母亲总是告诫他，割麦子一垄不到头，千万不要直起身来，那样再弯下身子就难了。三哥以为到了头，结果直起身子一看，行百里者半九十，离垄尾还有望之生畏的距离。也难怪三哥要产生这样的想法，北京和石家庄的房价天壤之别，在北京买房子和在石家庄买房子岂能同日而语。对于三哥的瞻前顾后，他的未婚妻只扔下一句话，"每次你坐火车来回，都拎着个大箱子。你不嫌累我还嫌累呢。"言下之意，大箱子反倒成了刺眼的存在。三哥这才恍然大悟，难怪她现在不接也不送了。问题显然不是出在箱子上，问题出在人身上。我们建议三哥，要么赶紧回石家庄，立刻买房子结婚，要么让她来北京，缓缓再买房子结婚。其实，这些都是废话。三哥现在只有一条路走，把未婚妻接来，然后尽快在北京买房结婚。

后来又有很长一段时间我们没有见到三哥，只在电话里知悉：三哥把未婚妻接来北京了；他们换了两居室的房子，房租压力倍增；未婚妻有一段时间没找到工作，情绪很不稳定，三哥得小心陪着；后来未婚妻找到工作了，但因为环境还很陌生，三哥早晚都得接送。终于，三哥邀请我们去他们的新居做客，我们这才松了一口气。从他的未婚妻来，一直到现在，我们不仅没有见着三哥，也没有见着他的未婚妻。一开始我们也很想见，渐渐地就不那么想见了，到了现在我们差不多忘了这茬事。在我们的印象中，好像我们早就见过三哥的未婚妻，已经很熟悉，见不见都无所谓了。

从三哥家出来，我们总觉得少了些什么，不知道是因为酒没有喝到数，还是因为在未婚妻面前三哥竟然比我们还拘谨。我们没有下结论说三哥变了，虽然我们经常会说某个人变了，但我们也都清楚那是不负责任的说法，或者说是我们拙于表达或者不愿深究的托词。我们对三哥的一切了然于胸，好像他是我们派出去的先锋部队，替我们打了头阵。我们参观了三哥的新家，空间感觉很大，但走几步也就到头了。我们都注意到，在新家里竟然没有发现三哥的那个行李箱。大象为此还特意多绕了一圈，仍然没有发现行李箱的蛛丝马迹，他推心置腹地说："那个大箱子，要么被三哥扔掉了，要么被三哥藏在了壁橱里。"我们最后的总结是，对于一个男人好不容易安稳下来的生活而言，一个箱子，哪怕它是你见过的最大的箱子，也是无足轻重的。不管箱子是被三哥处理了，还是被三哥藏起来了，以后我们恐怕真的很难见到它了。这么想来，我们发现相比三哥我们竟然想念箱子更甚。

以前，三哥想必会用行李箱来测算时间和距离。行李箱意味着一次出行，象征着横跨北京石家庄两地的距离，精确地测量一周时间的缓慢流逝以及上下车之间的须臾瞬间。行李箱像个忠贞的私人助理和理财顾问，时刻提醒三哥他和各种户型面积的房子之间存在着多大的落差。现在，不光是我们，三哥本人也很难见到行李箱了，他该怎么衡量现实与梦想之间的关系呢？

长话短说，我们最后还是见到了行李箱。三哥和行李箱又一次出现在我们的视线里。三哥最终还是和他的未婚妻分手了。在现实生活里，总有人打败三哥，不是他自己，就会是别人。兔死狐悲，物伤其类，这里面的曲折就当是一段隐情被埋葬吧，我们真是不愿意多说。三哥的未婚妻在北京得到了她想要的一切，足够大的房子，生活的虚荣心，未来的保障，所割舍的不过是远在石家庄所建立和维系的一段感情，她又不是石家庄人，完全不必担心会睹物思人。三哥最开始的打算是在石家庄买房子，后来是要拼得一身剽悍在京城安个家，梦想破灭了，想必他再也不会在这两个地方买什么房子了。三哥，他像我们中间最骁勇善战然而一败涂地的先锋，是我们最患难与共感同身受的兄弟，已经决定远走南国，因为那里一年四季鸟语花香，关键是钱好挣。他还是想去挣钱，好像挣钱不再是重要使命，而是变成了挥之不去的习惯。

我们送他，再次看到了那个巨大的行李箱，不离不弃地陪伴在他身边，顿时百感交集。大象想要拎着箱子把三哥送上出租车，拎了一次竟然没有拎得动，最后还是他和胖子两个人抬进了出租车的后备厢。三哥好像是把他的全副身家性命都装进了这个行李箱，把他的全部生活打包带往广州或深圳。我们一直没有问三哥，行李箱里面究竟装了些什么。无论箱子彼时轻若鸿毛，还是此时重如泰山，这肯定都是一个极其愚蠢的问题。每个人的心里或许都装着一个行李箱，带着它我们可以随时上路，也可以随时扎根。它就像锚一样，勾连往事，深扎心田。

我们的朋友小正

1

小正是我在大学认识的朋友，却并非我的校友，而是众多暂居在我们学校准备考研的人员之一。他也不像那些矢志考研的人，恨不得把白天和黑夜的时间都用在复习上。除了宿舍，他在学校里似乎只有两个去处，球场和图书馆，在球场他随便搭伙临时组成一支球队也能踢得不亦乐乎，在图书馆他永远用相同的一摞书占据着同一个位置，然后坐在那里慢慢老僧入定。

在球场上渐渐熟悉之后，我发现小正的心思根本不在考研上，他之所以准备考研，可能是出于父母的压力，以及他本人并不确定的对未来生计的巨大担忧。他像开玩笑似的说，天天能踢球的日子就很不错，如果顺便再泡到我们学校的一个妞，那生活就算过到天上去了。

我觉得他说的是真心话。

本科的时候小正就读于苏北一所我们都没怎么听说过的工科大学，按照他自己近乎刻薄的说法，那所学校毕业之后能找到工作的学生寥寥无几。"而且还都他妈的是有关系的，"他愤愤不平地咬着上嘴唇一字一句地说，"像我这样在苏北农村长大家庭条件又不好的穷人家的孩子，能有什么机会呢？"

除了类似的感慨，他说的更多的是："文科学校女生就是多，而且还都那么年轻漂亮。"很快他就在图书馆和一个女生熟络了，那个女生是物理系的，和我同届，正在自发备战考研。两人志向相投，目标合一，他就抓住各种机会大献殷勤，每个晚上都坚持送女孩回宿舍，途中还不失时机地请佳人吃点零嘴小吃之类。

有一次，我们几个人正坐在台阶上急吼吼地等上场踢球的机会——

由于学校只有一块足球场，自从植了真草皮，又因为护理不周，像秃顶严重的中年人，到处都是"青山遮不住，毕竟东流去"的斑秃后，学校干脆耍赖皮将草地关闭，美其名曰"养草"，不再开放给学生自由踢球了。只有一年一度的校园杯足球比赛，才会临时启用这块足球场。我们这些一天不踢球脚趾头都痒的学生，平时就只能在篮球场和打篮球的同学争场地，把两边的篮球架权当成球门轰射，为此经常发生打架斗殴事件。不过随着踢球的人越聚越多，不仅有各系的男生，也有校外人士过来赶场，打篮球的学生看到我们人多势众，一般也就退避三舍了。当然，学校篮球场比足球场多得多，这也是不争的事实。

——小正突然站起来，很快迎回一个女生，正是他在图书馆认识的女孩，姓古月胡，当时我们只记住了姓，后来就一直"小胡小胡"地指称她。小胡还特意买了几瓶水带给我们，一举树立了很好的印象。恰好已经轮到我们上场，我们四个人，尤其是小正，像打了鸡血一般，平时都是一轮游的末流队伍，甚至只能上场象征性地踢几分钟，有的队员脚还没触到球就被对手戏耍淘汰了，这次超水平发挥，竟然连赢了好几支队，其中有体育系足球班学生组成的强队，差一点"打通关"了。唯一遗憾的是，等我们终于被淘汰下场，却早已不见了小胡的芳踪。

踢完球之后，我们照例去学校后门小餐馆"高师傅"喝啤酒吃晚饭，小正平时都只喝一瓶，推说酒量不好，从不多喝，那次破例一口气喝了三瓶，把一张"正字脸"喝成了猪肝色。小正借着酒意不停地问我们："刚才小胡兄弟们也都看过了，你们几个人觉得这个姑娘怎么样？"吃人家的嘴软，有情饮水饱，我们当然杂然说好了。小正就挨个盘问我们："把小胡介绍给你做女朋友，你要不要？"吃人家的嘴软，小正是司马昭之心，我们当然推脱了，一致公认他们两个人倒是蛮般配的。小正看来是"甚合朕意"，眉宇间却又难掩自卑落寞，几次三番地叹着长气自问："你们说，像这样的女孩子，她能看得上我们这样的粗人吗？"

小正一直认为自己当初不该报考工科学校，他长得黑瘦弱小，不可能具有草莽英雄气概，几年大学生活也没有培育出粉白的文人书卷气，导致他自我感觉不伦不类，这可能是他一门心思要报考我们学校文学院研究生的唯一理由。现在认识了小胡，这个缘分几乎就成了永动机，可以向他提供源源不断的动力了。

事实上，那段时间小正也的确卓有成效，不仅复习的效率提高了，而且和小胡的关系差点就捅破了那层窗户纸。他通过小胡的同班同学打听到小胡是物理系的尖子生，这种好孩子想要考研基本上就是板上钉钉的事。暗喜之余，他继而明忧，如果小胡考上了研究生，自己却名落孙山，那两个人在一起的可能性就微乎其微。很快他又发现了另外一件让他加倍恼火的事情，原来向他提供情报的小胖子竟然也暗恋小胡，并且要趁着即将毕业的机会，大胆向小胡表白。

作为一个"插校蹭课"的名不见经传的三流学校往届生，既不是小胡的同学，也不是小胡的男友，只是共用一个图书馆的熟人，或者其貌不扬的"大叔"，他怒火中烧却毫无办法，像热锅上的蚂蚁，病急乱投医，拉着我们几个人帮他拿主意，诸如他给出的"要不要找小胖子出来谈谈话""给他适当警告""让他离小胡远点"之类议项，但我明确同情小胖子，因为我也是大四男生，也一直没有谈过恋爱，难免有兔死狐悲之感，又因为小正的口气颇像我们院系那位道貌岸然的辅导员，其逻辑思维无不透露出他的工科教育背景，激发出我们不同程度的冷嘲热讽，他也就只能作罢，静待时局发展。

好在小胖子硬件差了那么一点点，表白一事最终不了了之，但还是惊出了小正一身冷汗，连续很多个夜晚的寝不安枕，让他在球场上脚底没根，形同梦游。

之后，他假装关心地向小胡打听小胖子的近况："那个之前好几次陪你来上自习的小胖子，怎么最近几天都没有见到他人影？"没想到小胡主动跟他说起这件让她颇为苦恼的事情，他知晓实情后难免心花怒放，不仅是因为小胖子吃了闭门羹，还因为小胡言下之意充分表明她并不打算来段"黄昏恋"。也就是说，他们很有可能会成全对方，在双双考研成功之后成为彼此的初恋。还有比这更美妙的事情吗？想到这里，小正忍不住手舞足蹈。

不过，小正还是高兴得太早了。小胡个人虽然打算考研，并且已经为此精心准备了近一个学期，但最终还是偃旗息鼓了。小胡来自富庶的江南，家境优渥不说，父母又只有她一个独生女儿，并不支持她考研，更不愿看到她今后有可能愈来愈远离他们的任何蛛丝马迹，只希望她生活在他们眼面前，工作，寻找对象，结婚生子，所有这些都发生在他们触手可及之处。任何超出他们可控范围的，都意味着某种一发不可收拾的危机，他们可不能眼睁睁看着宝贝女儿跳进火坑，接受生活卑劣邪恶的炮烙，于是通过各种动用得上的人际关系，走蟹路虾路，走陆路水路，终于帮女儿解决了工作，进入当地市教育局做一名职员。

一个本科毕业生，能去教育局上班，无论何时何地，都是一桩美差，能拒绝的怕是没有几个人，更何况这里面还夹杂了太多的亲情友情，送出去的礼物或金钱可以忽视，但是里面包含的一番心血却不能白费，这会让多少人寒心，让人觉得小胡这个小姑娘是多么的不懂事。平心而论，不要说小胡了，就是小正，如果同样的机会放在面前，他也会接受吧。再说了，他之所以憎恶自己的本科母校，想要再努力深造读个研究生，不也是为了找一份看似体面足以养家糊口的工作吗？话又说回来，即使他辛辛苦苦研究生毕业，能不能找到这样一份好工作，也存在太多太大的疑问。

就这样，小正的爱情种子虽然在黑暗中获得了足够的水分，膨胀发芽，却终究没能破土而出，而是胎死腹中。伤感不已的小正很快原谅了小胡，并且在小胡毕业离校时送上了恰如其分的祝福，犹如一位学长和长兄。小胡或许并不知道他曾经心怀鬼胎，是另一个更加猥琐不堪和唯唯诺诺的小胖，她心怀感激，多少也因自己考研计划的半途而废而对小正这个一直予以鼓励的同行人感到歉疚，在这个即将来临的学生时代的最后一个暑假，她向小正发出了真心的邀请，希望他有时间去她的家乡城市玩一趟。

这次苏南之行，一方面让小正再度因为无法和小胡发生一点恋情而感到无限惋惜，同时又重燃小正考研的旺盛斗志，他觉得如果自己考不上研，那么将永远不可能置身于苏南地区的富饶生活中，也不可能拥有像小胡这样"浅笑情分顾盼生姿"的明媚女子，颇有"不成功便成仁"的雄心壮志。

2

功夫不负有心人，小正终于如愿以偿地"中举"了，不过他的分数岌岌可危，并没有如愿投档到他报考的学科，而是不得已接受调剂去了比较冷门的"古文献"专业。

"古文献"就"古文献"吧，好歹还落了一个"文"字，范仲淹不就谥号"文正"，苏东坡不就谥号"文忠"吗？而且因为沾了个"文"字，倒激发出了小正身上的"文人雅意"，比如他不再懊恼自己长得黑，而是自嘲"面如墨色"，他之前穿衣打扮很土，为此经常狡辩说"朴素"，现在话风突然一变，美滋滋地自誉为"古风犹存"，我们这些人在他眼里就彻底沦落为郑智化所唱的"骄傲无知的现代人"。

小正读研一的时候，我已经毕业就业，上班的公司就在学校附近。我踢球的恶习积重难返，只要天气晴好我整个人就不好，一到下午更是脚趾头发痒，寻找各种借口外出办事，其实是跑回学校踢球。在这种情况下，如果将球衣球鞋塞进包里上午直接带到公司，出去时带着包虽然也能掩人耳目，毕竟心虚，于是我就索性将这些装备都存放在小正处。他如果去踢球就把我的行头带上，如果他没在球场，我就直接去他的宿舍拿。为了方便出入，我不仅冒充学校的研究生，并且配了小正宿舍的钥匙。只是那会儿小正踢球的兴致骤减，不像他准备考研时那样勤快了，倒不是说他良心发现开始抓紧时间学习，而是因为他找了份家教的工作，除了在学校听导师给他上课，他还要去学生家里给学生上课，两相夹击，踢球的时间自然也就所剩无几了。

当时文学院一直会有不错的家教工作流出，能动用文学院寻找家教老师的学生家长非富即贵，这样的学生如果带出成绩，不仅能拿到一笔不菲的收入，还能有其他想象不到的利好。碰到这样的机会，院方一般会考虑本科生中品学兼优的学生，通常都是学生会的，因为和院系辅导员熟络，近水楼台先得月，如果学生家长明确学历要求的话，就会推荐研究生甚至博士生。

研究生小正很快就得到了这样一个机会，对方是一个读高二的女生，各科学习成绩都很普通，高考在即，家长特别着急，鉴于理科短期内不可能出奇效，唯有希望文科取得突破，至少要能考上"211工程"名录的大学。文学院此前推荐过几位学生过去，有一位甚至还是博士生，都是一直名列前茅很擅长学习的，却始终不被女孩所接受，没有收到成效不说，成绩反而出现了退步。学生家长委婉地向院系领导传达了意见，院系领导于是决定改弦更辙，找到了小正，因为小正本科时读的是工科院校，却考上了文学院的研究生，寄希望于小正这段跨学科的经历和努力对女孩有所帮助。

小正也不负众望，以曾经工科男的线性逻辑思维，结合文科知识点的发散特征，成功编织了一张大网，将历史、政治、语文、地理科目里的大鱼小虾一网打尽，不仅如此，还凭借着工科男的童子功底子，考研时对英语的突击复习心得，对女孩的数学和英语也能指点一二。加之小正"古风犹存"，不装腔作势，不自视甚高，不作逼捣怪，那时还不兴"凤凰男"的说法，也就老老实实一个本分的农家子弟上了研究生，不独让家长放心，女学生也不再浑身刺猬一般地戒备着，觉得没那么反感，愿意试一下他传授的方法。一来二去，小正不仅跟学生一家人打成一片，还让学生的各科成绩直线上升，让其父母乐得合不拢嘴。

当然，以小正一个区区研究生，根本入不了学生父母这等成功人士的法眼，但是小正能让小孩在学习上听话，也能让小孩的成绩提高得很快，这是亲生父母甚至是博士教授都办不到的，不由得他们不另眼看待，待小正如上宾。比如，下午的补习结束后，他们一定会留小正一起吃晚饭，做父亲的还会特意打开一瓶昂贵的葡萄酒，和小正细斟慢饮，畅谈一番人生，当然小正主要是洗耳恭听。若是遇到晚上的补习，快到下课的时候，做母亲的一定会端来消夜，让小正吃得暖暖的饱饱的再回校。

有一个晚上，小正有些肚饱胀，那位风韵犹存的妈妈（有钱人保养得好）按照惯例煮了一碗面，切了一盘鸡，端到了餐桌上。小正没有食欲，又盛情难却，进食得极为勉强。年轻的妈妈客气地说："小正老师，不吃面就吃鸡吧。"小正正中下怀，赶紧吃了几块鸡，然后告辞回校。

这件事本来也就到此为止，小正并没有觉得怪异。不过下一次去上课的时候，女学生却在上课间隙学她妈妈说这句话，说得惟妙惟肖："小正老师，不吃面就吃鸡吧。"他吓了一跳，脸上火辣辣的，一路臊红到了脖子根，这之后好几次他都不敢像以前那样看着女学生，口舌生花地讲解各种知识点，感觉怪怪的。

扰乱小正心绪的，肯定不是浑身珠光宝气的妈妈，而是清水出芙蓉的女儿。小正曾经反复跟我们说，他的女学生是一个小美女，但现在还小（高二其实已经不小了），以后肯定是个大美女，到了大学里一定会祸害很多男生。然后，他跟我们说了"不吃面就吃鸡吧"的典故。她能当着老师的面若无其事地说出这句话，显然不是出于天真无邪，当然要说经验老到肯定也够不上，可是考虑到小正是羞红了脸的，相形之下，确实比小正要"开窍"得多。还是处男的小正第一次做家教，就碰上这样的"女魔头"学生，我们不禁为他暗暗担心，总担心他会不会一时失控，做出有失师道尊严的荒唐事儿。他如果忍不住心猿意马染指了，绝对会死得很惨。我们一时也说不清我们到底希望小正怎么做，

123

只能拭目以待。

　　事实上，绝对是我们多虑了。倒不是说我们以小人之心度君子之腹，把小正想错了，小正实则对这个女学生是有想法的，不过被他硬生生地克制住了。小正当然不会逞一时之快，一步走错，不仅让自己考研的一番辛苦前功尽毁，而且还导致他人生的棋局满盘皆输。他自认为不是那种有福气之人，某种好运不可能降临其身，何况他又很胆小，绝对不敢去尝试任何于连式的冒险。即使对方是包法利夫人，或者是包法利小姐，他也绝对不会去做于连。他不具备任何做于连的特质，也没有成为于连的野心。

　　那么小正为什么要跟我们煞有介事地说他的一些想法呢？一方面他肯定会在这些想法刚冒出头的时候就将之芟除殆尽，一方面这些想法的断根依旧在无形中依靠想象力的进补得以继续茁壮生长，所以他才会栩栩如生地复述给我们听，好像他真的身处但丁的炼狱之中，或者躲藏在卡夫卡的地洞里。

　　后来我们终于想明白了，就好像我们会在回忆里对以前发生的事情进行加工改造，以获得部分满足一样，小正不过是将已经彻底交代了的事情在畅想中继续赋予其各种可能性，这仍然是一种代偿心理。如此我们就释然了，觉得小正虽然读了研究生，究其本质依然跟我们是一路人。但我们这个群体到底是怎样的人，却从来没有人去想过，哪怕是喝醉酒之后追问上一句。我们不是"在路上"的颓唐青年，也不是陷入疯狂的"在刀锋上跳舞"的艺术家，倒更像是《盗梦侦探》里面被催眠的队伍，可能是家具，或者是玩具，也可能是动植物，甚至是人。如果没有被唤醒，就会歪歪扭扭地踩着奇怪的鼓点，一直走到世界尽头吧。

等到女学生高考结束之后，有一次小正还真把她和她表弟带来学校玩。在小正宿舍里我们终于得见"小女魔头"的庐山真面目，确实是一个美女胚子，性格也明快，但显然不至于早熟到能说出"不吃面就吃鸡吧"的地步，最多有点娇憨而已。我们顿时反应过来，所有这些不过都是小正的杜撰而已。

小正啊小正。

3

不光我们洞若观火，小正本人也心知肚明，无论是小胡还是高中女生，注定都不是他的菜，即使他心有所动欲有所求，美人依旧如花隔云端。不过小正也不用再等待多久，他的春天即将来临，好事一件接着一件，让我们这些旁观者都有点应接不暇了。

小正一门心思报考文学院的研究生，并且如愿以偿，在我们看来，小正显然是觉得文科的研究生比较容易考，死记硬背，加点理解，再投其所好而已，其实不然，小正还是有文学情结的。这一点在他复习备考时就显露无遗。作为一介工科大学生，他的文学素养超过了很多文学院的毕业生，爱掉书袋，寻章摘句老雕虫，更令我们吃惊的是，百忙之中他还去阅览室翻阅新出的和往期的文学期刊，对一些现当代作家及其作品还有一些评论家都如数家珍，着实让人另眼相看。

这些特质在他考上研究生之前，当他抒发"窈窕淑女君子好逑"之际就时不时地闪现，我们大抵觉得他只是冒充斯文附庸风雅，并没有真的往心里去。没想到他在考上研之后，竟然悄没声响地熬夜伏案写小说，而且竟然真就在省级文学刊物上发表了一篇短篇小说。

收到样刊及稿费后，小正请我们吃了一顿大餐，稿费顿时所剩无几，但看得出来他异常兴奋。由于样刊只有两本，他视为珍宝，吃饭时仅仅带出来一本，每展示一番就一定要小心放回包里，免得被酒水菜炙弄污，又动员我们赶紧去报刊亭买个几本收藏，静待升值。似乎每个发表处女作的人都是这样的嘴脸，让人既为他们的成功感到由衷的高兴，又因了难逃小题大做的嫌疑而倍觉不可思议。

受了这样实打实的鼓励，小正自觉即使在文学院中他也是凤毛麟角，终于难得地表现了一回狂妄。文学院中本科生不算，那些研究生和博士生，无论男女老少，估计也真没有几个心系小说创作，都一门心思放在论文发表答辩和找工作门路上。像小正这样，也算是稀有之物了。不仅如此，他甚至开始盘算着在研究生毕业之前，一定要再发表几首诗歌，如此一来，左手诗歌右手小说，才不枉在文学院里走一遭。既得陇复望蜀，饶是我们嗤之以鼻，但有铅字小说撑腰，他也已经不以为然了。说也奇怪，我们私下碰头交换意见，也觉得在小说发表前后，小正确实像换了一个人似的，尽管没有性格大变，但眉眼之间，顾盼流彩生姿，果然是"满腹诗书气自华"了。小正虽然没有被"漂白"，但俨然是一颗黑珍珠了。

是不是因为小试牛刀让小正自我感觉良好，我们不得而知，总而言之，言而总之，小正在发表小说之后很快就坠入爱河了。这次是我的一个师妹，在读大三，宜兴人，姓张，谈不上漂亮，但极富态，白白嫩嫩的。嘴损的形容他们两个站在一起，好比是观音姐姐身旁立着一只泼猴。尽管如此，他们很快就在校园里光明正大地明确了恋人身份，有没有偷吃禁果我们尚不清楚，但他们情感日深却是有目共睹。受到爱情的滋润和触动，小正诗兴大发，有时偶尔来球场踢次球，都会从球裤后口袋里摸出一张折叠的纸片，纸片上写着一首诗，在下场的间隙读给我们听，让我们给提点修改意见。

这个时候，怎么看怎么觉得小正意气风发志得意满，即使他写出来的爱情诗完全拾人牙慧毫无新意，我们依然不敢贸然冒犯，除了贡献我们的耳朵之外，简直就是张口结舌说不出半个字来，哪里还敢擅作"推敲"。

小正的如意算盘是，一定要写出自己最为满意的一首诗（当然是多多益善，不过按照当时的情形，一首已经耗尽心力勉为其难了），发表，献诗，朗诵，那将是多么浪漫，值得终身纪念。自然而然，水到渠成，小张要向小正托付终身了。想到这里，小正心里乐开花，嘴都笑歪了。

谁承想，小正不仅想得太美，也高兴得太早了。虽然小张和他出入成双成对，大方公开了彼此的恋情，可惜追求小张的不乏其人，更可恨的是，小张傻傻地蒙在鼓里，并不知情，也就不知道刻意回避瓜田李下，故而徒惹出一个事端。

原来，早在小张认识小正之前，小张和美院一个叫"洪哥"

的美术系同年级生走得很近，因为小张有一个在美院读书法系的高中男同学阿凯，而阿凯和洪哥又是狐朋狗友，一来二去，小张和洪哥也很熟了，经常去美院玩。洪哥最近在江心洲租了房子做画室，邀了阿凯、小张等一帮朋友去玩，玩得晚了，就没有回校，同去的几个男女都住在了画室。这话听在小正耳朵里，就等同于留宿无疑，又因为小张没有事先跟他说明，加之晚上他打了无数个电话小张才接，没说几句话又挂断了，周围人声嘈杂，难免小正不胡思乱想，一时妒心疑心大盛，怎么都开释转移不了。

小张回校后，小正都快成望妻石了，眼见得小张左右无事人一般，更是气不打一处来。小张呢，也恼小正一晚上的电话没完没了，让她被洪哥等人笑话，觉得没面子不自由。两个人都在气头上，话赶话，全是气话狠话，闹得不欢而散。

小正好歹从小张口里知道了"洪哥"云云，更是认定了洪哥对小张心存歹念图谋不轨。小张留宿不归，小正心里是希望最好什么事情也没有发生的，可越是这样想越觉得有问题。画画的这帮人，没有一个是好东西，自以为有才，什么都敢乱来，酗酒吸毒打架泡妞，就差杀人放火了。想到这里，小正浑身发冷，牙根都要咬断了，风风火火就去美院找那个洪哥，要把危险的火苗及时掐灭。

等见到洪哥本尊，小正不由得倒吸了一口凉气。原来这洪哥是个徐州人，体格魁梧，声若洪钟，差不多有小正两个人这么大，气势逼人。小正硬着头皮说明来意，发出照会，点到为止，希望洪哥从此离小张远点。洪哥不置可否地盯着小正看了足足有两分钟，看得小正心头发毛，末了洪哥才从鼻孔里喷出两道黑气，哼了一声，说："你让我离小张远点，我还要警告你离她远一点呢！"

小正当然不会因为这样的恫吓就鸣金收兵，他还想跟洪哥这个愣头青掰扯几个回合，说些"子曰诗云"之类的场面话，没想到对方二话没说，从地上捡起块砖头，也没见怎么扎马步运气，一掌如刀，就把砖劈成了两截。小正看着断砖在地面翻滚，脸渐渐涨成了猪肝色。对方块头大没吓住他，这单掌切砖的功夫可着实吓了他一大跳。在洪哥抛出"如果让我知道你还缠着小张，我就废了你写字的那只手"的最后通牒之后，小正本着"君子动口不动手""好汉不吃眼前亏"的美德，赶紧撤退了。

惊魂未定的小正非得让我们几个做他的保镖，除了上课和睡觉，寸步不离地保护他。他是真给吓着了，舍不得写字的右手被咔嚓了，这只右手虽然写出了一篇堪称杰作的小说，可是还没有写出风华绝代的诗歌，说什么也不能就此断送于一个不通文墨的武人之手。

我们以为他太过小题大做了，进一步打趣说，说不定小正被卸下来的胳膊与丁龙根的右手有得一比，不遑多让，写出划时代的诗歌更是不在话下。小正立刻停下脚步，咬着嘴唇说，那是你们没看到，半块砖头在地面翻滚是什么感觉。我们提醒说，那个洪哥也许是故弄玄虚，砖头说不定是用胶水粘住的两块断砖。那个时候，姜文主演的《有话好好说》正在上映，我们对那把仿真菜刀记忆犹新。小正生气了，加快脚步把我们甩在身后，让我们觉得如果不紧跟上去我们的交情也会截然而止。当然了，前面随时可能会冒出来的危险，让小正始终有所忌惮，看我们又把他团团围住，顿时感到安全和踏实，也就不和我们一般计较了。

4

这些不过是一笑而过的小插曲，看样子小正和小张经历过风风雨雨，必将修成正果。对比其他即将毕业寂寞无主的男女，他们在学校里比肩而行，自会引发道道嫉妒的目光。小张如牡丹般华美，益发衬托得其貌不扬的小正如一坨牛粪，不过考虑到小张是本科生，小正是研究生，也就觉得两个人其实还蛮般配，意味着他们可以水到渠成地结婚生子，不出意外的话白头偕老。

小张是这样想的，小正也是这样想的，随着两个人的毕业临近，最后一个关口也浮现了出来。和之前的小胡一样，小张的父母也不愿意掌上明珠远离在外，找了关系让小张回到当地的政府部门工作。不同的是这次"嫁鸡随鸡"没有难倒小正，他自信满满地报考了小张家乡城市的公务员，并且如愿考上。

我们都为小正高兴，毕竟没有几个人能把爱情和工作同时圆满解决的。喝践行酒的时候，考虑到宜兴南京几百公里的距离（那时候还没有开通高铁），再聚在一起踢球喝酒的机会实在寥寥，加上小正自己又觉得此去无疑是入赘做了上门女婿，父母似乎白白养了一个儿子，因而感到闷闷不乐，颇有点醉不成欢惨将别。

我们以为小正杞人忧天，没想到事情的发展大出我们的意外，小正虽然稍解风情，但委实不谙人事，还是显得过于乐观了。

小正和小张双双回到宜兴，虽然不在一个部门工作，但都在政府大院里，两个人也得以延续了大学的习惯，上午在不同教室上课，中午一起去食堂吃饭，下午在不同教室上课，晚上有时间就约会，牵手散步看场电影之类，然后再各回各宿舍。不过是变换了地址，南京变为宜兴，宿舍变成家而已（小正还是住宿舍）。

我们和小正偶尔也会通个电话，通常发生在我们踢球后的酒局上。想到我们玩得痛快，小正的羡慕之情溢于言表，他在宜兴的工作还可以，就是没几个认识的人，更不用说发展到一块踢球喝酒了。言下之意，小正这个苏北人，对在苏南的生活，甚至摇身一变为苏南人，明显还是准备不足。而且他很快就要领教到苏南人的排外和势利，首当其冲的就是他的准丈母娘。按理说，小正和小张也算是对外表明了爱侣关系，就差结婚领证办酒席分喜糖。可是，小张的母亲并非很满意小正，小正的苏北人身份、家境不好、长相一般，都引发了微词，开始还有些遮掩，逐渐泛滥开来，小正常常恨不得找个地洞钻进去藏身。以前特别让准丈母娘满意的研究生身份，随着高校的扩招，硕士、博士的人满为患，身价顿失，大为贬值。两相比较，小张的母亲越发觉得，找个女婿，最好还是得挑有一定经济实力的人家，女儿也能少吃很多苦。

如果说小张的母亲只是让小正重拾自卑羞愧难当，小张的表现则让小正为之失望心寒。在母亲的压力下，小张被迫与小正假装分手，背地里两个人还好着。小张觉得就此与小正分手，于情于理上都说不过去。这说明，小张是个好姑娘。如果小张和小正留在了南京，小张的母亲鞭长莫及，影响有限，说不定小张就能抗住压力，两个人在一起过日子，日子也会越过越红火。这是可能的。不过，谁让他们回到了宜兴，在小张母亲的眼皮子底下生活呢。尤其是小张母亲的眼里已经完全容不下小正。这个时候，他们妄想明修栈道暗度陈仓，怎么可能瞒天过海。得知真相的小张母亲暴跳如雷，眼泪掉下来，把小张关在家里不让其上班，跑到小正的单位大闹，说他拐骗无知少女。那段时间鸡飞狗跳，本来朴实无华默默无闻的小正在政府大院里一下子变得赫赫有名，大家见到他都侧目，不知道是出于同情还是深深厌恶。在母亲的压力下，小张终于挥泪斩断了情丝，和小正彻底分手，并且在家人的安排下走上了相亲之路，很快有了未婚夫。

小正如堕冰窟。要知道，分手后小正和小张还是在一个大院里上班，碰面是尴尬的，也是难免的，特别是周五的傍晚，新男友会开车来大院接小张。小正的办公室正对着大门，俯瞰之下一目了然。可怜的小正将额头抵在玻璃上，看着小张走过去，上车，车子发动，一骑绝尘，那个时候他万念俱灰。他想辞职，离开这个伤心地；他还想过考博，为此复习了大半年，不过最终也没成行，不知道是没考还是没考上。

这是我所知道的小正的最后消息：他还在宜兴，具体生活不详，无论情感。紧接着，我来到了北京，有很长一段时间，差不多两年吧，我也找不到人喝酒，找不到人踢球，生活得灰头土脸，经常在茫然中心生惧意，和小正的联系也就正常地中断了。

5

有一天下午，同在北京的王才突然发短信通知我一块吃晚饭，原来是小正来北京出差了。我们约好在小正所住宾馆的附近找家餐馆，毕竟我们在北京混了很长时间，而小正初来乍到，人生地不熟，有诸多不便。三个大腹便便的中年男人团团而坐，在他们中间显然不再有一块绿意茵茵的球场，甚至连欧洲五大联赛都放弃不看了。酒量倒是见长，喝进去的是啤酒，撒出来的是尿液。

酒过三巡之后，逐渐耳热，往事灰扑扑的影子得以挤进身隙，我们温故了当年的球场情谊，壮怀激烈，就好比膀胱被尿液满涨。

小正这次来北京是当地政府的按例出差，只要在岗，又没有熬成领导，总是要轮到的，逃都逃不掉。对他的特殊使命，我们多少能猜出一些，小正也含糊其辞，不愿意多说，只是冠以"反正不是人干的活"。

相比较而言，在座的三个人中间，小正的人生无疑是最最安稳的，不像我和王才，还在有今天没明天两眼一抹黑地打拼。小正的生活无疑上了轨道，差别只在快慢短长，而我们作为北漂却一眼望不到我们所处江湖的边。

虽然如此，小正显然不是想要炫耀他今天所取得的成就，我们也都知道他一路走来，正应了"如鱼饮水冷暖自知"的老话。

小正恰如其分地表达了对我们现在生活的羡慕。有什么值得羡慕的呢？难道是为了朝不保夕的生活独立悬崖上的自由吗？我们就像那幅著名漫画中的身在不同鱼缸中的金鱼，彼此羡慕，如此而已。

一杯杯啤酒喝下肚，小正慢慢打开了话匣子，主要是向我，王才一直和他保持着联系。在小张和他彻底分手后，小正又煎熬了两年，什么背后闲话当面白眼，他都终于能够做到安之若素。渐渐的，单位同事们认识到他的与众不同，因而更衬托出他的能力出众。和那些走关系进来的同事相比，他无论是在工作态度还是效率上，明显高出一大截。一年后，小张结婚，两年后，小张生子，小正都不为所动，甚至主动拿这件事和同事开起了玩笑。是的，如果小正和小张没有分手的话，他就会是那个新郎，那个父亲。在这不经意的自我解嘲中，小正如愿升迁，别人也终于不再觉得他这个外乡人高攀不上当地的姑娘，纷纷开始为他（当时已经是科长）介绍对象。小正疲于应对，酌情合理地选择了一位在人民医院工作的女医生，门当户对，佳偶天成。现在的小正，已经是两个孩子的父亲，有一个是前妻生的。

"人生如此，夫复何求。"喝完酒后，醉眼蒙眬的小正大声说着。我和王才一左一右送他回宾馆，他张开两手分别搂着我们，就好像我们是他业已长大的儿子。

小正这次在北京要待一个月，平时几乎没什么事。他约我们随时去找他喝酒，但是我们竟然一次都没有再去。他太闲了，而我们太忙了。这是其一，其二就是，待在北京时间久了，人会不由自主地沾染上冷漠的通病，习惯于孤独自处，像卡夫卡小说中那个洞穴深处的小动物。我原先准备等小正快离京的时候再聚一下，没想到这个机会并没有来。

差不多一个星期之后，王才给我打来电话，这有点异常，因为平时我们基本都是偶尔短信联系的。王才告诉我，小正已经回去了，不是请假探亲，也不是出差完成，而是被遣送回去的。原来，在其后的某个晚上，应该没超过九点，小正突然裸体从房间里走出来，他好像并没有意识到自己什么也没有穿，就这样大摇大摆地乘坐电梯下到一楼，经过宾馆前台，穿过旋转门，一直走到了大街上。前台的服务员一点都没有看出异常，甚至还跟小正打了个再正常不过的招呼。小正就这样一丝不挂地出现在了北京的街头。

"他疯了吗？"我问王才。

"他疯了才怪呢。"王才说，"他就是想试一下，不穿衣服走出去，会不会有人拦住他。结果没有人出面阻拦他，他也就只好勇往直前。在他看来，半途而返是一件耻辱的事。"

"那这样对他的前程会有影响吗？"我又问。

"会有什么影响啊？最多说明他扛不住压力。做他这一行，压力肯定是很大的，说不定想裸奔的人多得很。"

我突然想起一件事，说："小正不像是会离婚的人，可他说有两个孩子，还有前妻，这究竟是怎么回事？"

王才说："那是他故意骗你的，他就结了一次婚，两个孩子是真的，他生了一对双胞胎。不过，他和妻子关系很不好。"

原来是这样。小正还是原来的那个小正，并没有改变多少，说不定这次言之凿凿的裸奔事件也子虚乌有，纯属他自己的虚构创作。挂断电话之后，我突然有点为小正高兴，不管他有没有在北京城的夜幕下裸奔，他终究还是穿上衣服不动声色地回到了他的生活中去。说句实话，我竟然为此长出了一口气。

郑
朋

　　笔名郑小驴，1986年出生，南京市"青春文学人才计划"签约小说家，著有小说集《1921年的童谣》《痒》《少儿不宜》，长篇《西洲曲》，随笔集《你知道的太多了》。作品见于《收获》《人民文学》《十月》《花城》《山花》《南方周末》等刊物。曾获"紫金·人民文学之星奖""湖南青年文学奖"和"华语文学传媒大奖年度最具潜力新人奖"提名等多项奖项。现就读于中国人民大学首届创造性写作研究生班。

可悲的第一人称

1

车子到了拉丁，前面就没路了。老康告诉我，越过那片丛林，河的对岸就是越南。那是我头回看到榕树，巨大的树冠遮盖了大半个天空，像片树林一样。四周寂静让人发慌，仿佛时光遗忘之处。在北京很多个失眠的夜晚，坐在黑暗中，好几次我都幻想过会有这么一个场景：站在葳蕤的原始丛林前，周围空旷无人，四面八方都是我的回音。我泪流满面。不知怎么，想哭的冲动最近越来越频繁。而这种感觉离拉丁越近，冲动就越强烈。

那天刚下完雨，阳光刺透密林，给草地铺满了碎片般的光斑。我踩着这些光斑，独自一人沿着林间小道朝深处走着。光折射在我的脚上，我走哪，它就跟哪，怎么也没法摆脱它们。我默默走了许久，抽完了烟盒中剩下的几支烟。空气湿润，林子里只有我的呼吸声，比失眠的夜还要静。这就是拉丁，终于没人知道我在这了。

回来的时候，天色渐晚，老康建议在拉丁留宿一晚，等明天一早再出发。就住老康家。院子里的母鸡咯咯地叫唤着，我知道她们在干什么了。一位过早衰老的女人正在宰杀母鸡，旁边站着一位浑身脏兮兮的小孩，帮忙扯着鸡脚。小孩羞涩地偷偷打量着我。老康女人将鸡头用鸡翅反剪着，吩咐小孩将盛血的碗端进厨房。她手中血淋淋的菜刀麻利地往鸡身上揩拭了两把，扑通一声，鸡已被丢进柴房。鸡还在动，两只脚不停地蹬踏着，有一刹那，我的心猛烈地颤抖了几下。

小孩像过节似的，在院子里滚着铁环，被他娘呵斥着去烧火去了。老康在褪鸡毛，只有我坐在院里的黄槐下，像什么也插不上手的闲汉。拉丁小得像个拳头，从街的这头走到那头，三五十步就搞定了。我几乎看不到什么青壮年，几个牙齿掉光瘪着嘴巴的老人眼神里充满了好奇，纷纷瞥向我。他们一定嗅到了我身上带来的陌生人气息。

唯一的小卖铺在拐角处，我去买了盒烟。老板是个老女人，吸着旱烟，她用拉丁方言问我哪里过来的。我回答说从北京，她的嘴巴半天也没合拢。天很快黑了，白天的光在拉丁全面退却，稀稀落落的几个窗口开始亮起了灯。我听见山上的黑鸦叫唤得一声比一声凄厉，就在旁边高大的梓树上，像是不欢迎我这位不速之客。老康咒了几句，黑鸦就不叫了。老康就说村里谁谁怕是要落气咯！女人骂他是屁眼口。这话把我给惹笑了。

在这里，我吸引着他们的好奇心。我不想成为一个另类，离开北京的时候，我扔掉了那双高筒马丁靴，将留了几年的长发剪了，剃了个板寸头。镜子里是一张依然年轻和帅气的脸，轮廓分明，常有人说我长得像黄晓明，甚至比他更有韵味。然而除了这张好看的脸，我能拿得出手的东西不多。雾霾越来越严重的那会儿，我甚至想过要戒烟。特别是每天早上刷牙咽炎发作而干呕的时候，吸烟让我感到恶心和罪恶感。我甚至也戒了酒，有一个月，我曾滴酒不沾。我尽量让自己看上去像个有修养的文明人。这一切，都是李蕾离开之后的事了。在微信朋友圈，我尽量让自己看上去充满阳光和正能量。我将做义工的场景、每周一次的有氧运动以及变着花样的厨艺……这些生活被我一一晒了上去。我断定李蕾会看到。即便是她不看，她身边的朋友也会转告她。我只想告诉她，离开她之后，我过得很好。

回来的时候，晚饭已经弄好了。老康正打发儿子喊我回来吃饭。见到我，小孩立刻转过身，蹦蹦跳跳地跑开了。钨丝灯很暗，不超过十五瓦的功率，灯壁被烟熏得乌黑。老康问我喝不喝酒，还没等我做出回应，提高分贝说："男人嘛喝点嘛。"示意他女人去倒酒。五步蛇泡在玻璃酒坛里，足有小孩手臂粗。定睛瞅了一眼，便不敢再看。我问老康林子里有蛇没有，老康哧哧地笑了笑，说："怕蛇？怕蛇你可别去了。"只一下我心里就没底了。"蛇肉好吃呢，怕它个卵，只有蛇怕人，没人怕蛇的。"老康也不懂敬酒的规矩，自己端起碗独自喝了一大口朝我说道。我不想被这个人看怂，就说不怕。女人大概早就知道我要去那里了，眼神中难免露出一丝不可理喻的神色，有些不自然。好几次我看见她似乎想问了，但是又担心我听不清她的方言。我猜想她内心里会想些什么，大概是我脑子进水，或读书读傻了之类云云。

晚饭后，我回复了最后一条短信。是小鸟发给我的，她给我打了五十多个电话，未接后又发了足足有二十条短信，都是问我在哪里。这个女孩子有些偏执狂。要拒绝一个人，最好是别给他任何的希望。我给她回了一条短信，我在拉丁，再也不会回北京了，再见。我想让她早点死心。我们只是同一条绳上的蚂蚱，彼此都给不了对方希望。她马上问我拉丁在哪？我拔掉手机电池，把手机卡扔进了火塘，将手机送给了老康。老康一旁目瞪口呆地望着我，唯唯诺诺一番，有些不好接这个烫手山芋。我说："你拿着，我用不着，送你的。"他就接了。想想裤兜里再也不用装那玩意儿了，我心里感到一阵轻松。从前一个电话就能左右我的情绪，左右我的计划，一天到晚，我必须都开着机，证明着自己的存在和存在的价值。要是几天下来没收到一条短信和接个电话，我就会心慌，感觉自己遭到了全世界的抛弃。眼下我不再考虑这些。是我抛弃了全世界。那晚我头回没认床，早早睡下，睡得很沉，中途也没醒来。

第二天起了个大早，老康牵了匹老马，领我去了昨晚的小卖铺，我买到了一些生活必需品，包括香烟和蜡烛以及一双高筒雨靴。那个老女人听说我一个人要进山住，嘴巴张得比昨晚更圆。我已经开始习惯这些。当初老康听到我的计划时，嘴巴张得比她还圆。老康是我远方的表叔，这些年他以为我在北京发了大财，没料想有天竟然要来这里，惊讶得半天没合拢嘴。

进山的小路被一场大雾锁着。老康在前头带路，手里拿着木棍挥打着路边草茎上的雾水。雾水粘着草籽，我的牛仔裤很快也湿了。空旷的山谷偶尔传来几声鸟的怪叫声，声音大得吓人。接下来的夜里，我将独自面临这些。我不应该感到害怕。多亏了老康，我才知道靠越南这边的原始森林里有这座简陋的房子。我当时在电话里也只是和老康随便聊聊，我说我想找个无人的地方独自呆呆，山里头最好。他问我要待多久，我说三五个月或一年两年，没个定数。我问他有没有好的地方推荐，越安静越好。他问我寺院行不，我说寺院倒是安静，但是我不想见人。老康在电话那头有些焦头烂额，说等我想想。挂完电话的第二天，他来电说倒还真有个地方符合你的要求，但那是在原始森林里……我一下就来了兴致，连说好。

从拉丁到那儿，要穿过六十多里的原始丛林。一路上沿着河谷走，进入了喀斯特地貌区，山峰俊秀，典型的石英砂岩峰林峡谷地理特征。走了大约二十多里，路过一座木头搭建的桥。那桥身已经有些年月，踩上去摇摇晃晃的，而脚底下水流湍急，走在上面有些心悸。马站在岸边不肯过河，老康费了一番心思，才牵过来，我看到马腿在打颤。

"就怕山洪，每回一涨水桥就冲掉了，一两个月都过不去。"老康像是在告诫我。过河后，开始正式进山。早些年开垦的小径，都被荒草掩盖，不用力分辨，很难再找得到方向。若迷失在茫茫林海中，最悲观的想法，是成为一个野人。

早些年，有人在里面种植过药材，盖了茅屋，种植失败后，此后再无人来管理。没人住的房子都有些脾气，墙缝长满了青草，墙头还立着一丛蓬蒿，长势喜人。好在还没倒塌，托老康的福，前些日子他晓得我要来，提前叫了几个人替我修葺了一下，新加盖了厚厚的一层茅草和杉树皮，用石头压着。窗户是用塑料封住的，留了几道小口透气。我一眼就瞥见了那张只剩三只脚的床，床上铺了一层厚厚的茅草。那只已经不知去向的床脚，眼下正被几块垒起的红砖替代。屋子里弥散着一股霉味，墙上贴的几张已经发潮的报纸已经字迹模糊，一看时间是十年前的。我将包放在床上，心想这才是我真正的栖身之所。

　　我们一番忙碌，将物品从马上卸下来，房间一下子就显得逼仄起来，堆满锅碗瓢盆和棉被，到处都是碍手碍脚的东西。我说得有张桌子，还要一把椅子。老康愣了下，说下回给你带，面露难色地补了一句："我家也只有吃饭的桌子……"他答应每隔半个月给我送一些生活必需品和吃的过来。我说好每趟给他一百元辛苦费，其他买的东西另算。他假意推辞了一番，露出一排被烟熏得发黄的牙，最后将钱装进了兜里。临走前，他留下一把砍香蕉用的劈刀，说防身用，刀被他磨得锋快。他提醒我房梁上有几斤煤油，装在一个金龙鱼油瓶里。又说晚上最好生一堆篝火，以防夜里有野兽过来惊扰。要是真来了野兽怎么办？我问他。下次我给带杆鸟铳来吧。他说。

　　他牵着马走了，马脖子下的铃铛响了一路，消失在林野中。他临走的眼神就像一个早已猜到结局的赌徒，胜券在握地朝我微微一笑。我知道他们在等着我几天后狼狈不堪败退回北京。有水，有食物，有火，我想足够了。我不想回去。

2

我花了半天工夫，锯倒了一棵水青冈。我看上了它的年轮，足有洗脸盆那么大。我又花了两个多小时，尽量将它打磨得更平滑些。将纸张铺展开来，树桩顿时成了书桌；而将饭菜端上来，瞬间又变成了饭桌。我随便锯了几段树身，充当凳子。斧头劈进木纹，木屑四溅，林间散发出一股木纤维的清香。这种感觉真好。一会儿天热了起来，我脱掉上衣，赤着胳膊，汗流浃背地劈了一会柴，将它们置于阳光中暴晒。林间寂静如水，只听见斧头的咆哮声。每一声都砍进了大山。劈累了，我坐在树桩上休息一会，抽根烟，发力大喊一声，声音像落入了无尽的虚空之中，过了很久，山谷那边才传来回音。是我的声音。眼下，我成了这片原始丛林中真正的主人。茂盛的亚热带植物让我心情愉悦。它们有的喜阴，有的向阳。而我决定这些动植物的生死。我沿着那条被荒草掩盖的小径，围着房子四周侦察了一番。它的左侧有一条山涧，不到一箭之地，便是一个深潭。潭水绿得发蓝。那天我赤条条地在水潭里畅游了一番。回来的时候，我看到了那块被开垦的地。足有百来亩，长满了个把人高的蓬蒿，成了麻雀的嬉戏地。我的脚步声惊到了它们，麻雀儿飞跃而起，铺天盖地，天空像被撒了把砾石。真是块好地，我望着这块宽阔得惊人的荒地发了一阵子的呆，心想当年那些人大概就是在这块地上种植药材失败的。

头几个夜晚有些难忘。天黑前，我准备了大量的枯木，烧起一团熊熊的篝火。哔剥作响的火星高高跃起，直奔夜空而去。在这儿能看见璀璨浩瀚的星河。在北京那些年，我已经记不得星星的样子了。我贪婪地仰望着夜空，浩瀚的星河像命运的图纹，一下子像回到了小时候。那时我常高抬着头走路，我走，月亮也跟着走，我故意停下脚步，它立马停滞不前。那时我常担心自己长不大，现在想起来，长不大多好。晚饭用地瓜解决。一边烤火，一边随手往地堆中扔几个地瓜，不一会儿就煨熟了。地瓜是从老康家带过来的，在他家那是喂猪的，我说给我几个地瓜吃时，女人不加掩饰地笑了。地瓜很香。夜空中的星星让我仿佛回到了旅程中的西藏境内的怒江边上。那是我和李蕾在一起为数不多的几次旅行。也是这样繁星密布的夜空，怒江在脚底下奔涌，像上帝的咆哮，令人胆寒心怯。李蕾抱着我，将脸贴在我胸前。我分明感觉到了她在微微地颤抖。那一刻我像个爷们，紧紧地搂住她，我觉得应该保护她一辈子。

　　我记得和李蕾分手那天，我们最后做了一次爱。那是在新租到的房间，在西二旗那块，那天刚搬进去，一切都还是陌生的。我们曾经花了大半个月时间天天下班就去逛中介网站，给房屋中介打电话，最后才租到的那里。现在想起来还记忆犹新，房间有个书柜，配了写字台，第一次来我就喜欢上了。我花了大半天的工夫来收拾，将房间的每个角落都清理了一遍，仿佛要将前任租客的所有气息统统驱除掉。在席梦思下面，我翻出一张令我永生难忘的纸条和两个尚未使用已过期的避孕套。纸条上只写着一句话："再堕一次胎，我就自杀。"她始终冷眼站在一旁，看着我忙这忙那，手里拿着烟，一根接一根地抽着。我讨厌女人抽烟。我讨厌接吻时闻到女人的烟味。她像在专心等我干完活计，然后将烟蒂捻灭在易拉罐里说："小娄，我们做爱吧。"

床铺上是新铺的蓝色条纹被单。那是她有天逛西单打特价买的。她心血来潮，一次买了三个四件套。我们小心翼翼地躺着，谁也没有说话。白天发生关系我们还是头一回。我们闭上眼，尽量不去看对方的脸。我感到内心深处某些虚伪的东西，在白天里被赤条条地暴露了出来。她依然一声不哼。完事的时候，我的手不小心触碰到了她的下巴，发现她在流泪。我没想再说什么。一切都是多余的。房间的角落里除了那只巨大的拉杆箱，还有她的耐克包。她将一切都已经收拾停当，随时做好撤出我生活的准备。

"你不准备说点什么吗？"

临走的时候，我送她去车站，我说。

"还有什么好说的吗？"她冷冷地瞥着我的脸说。我一下子感觉到不自在起来，意识到自己说了句废话。"我终于要离开这座讨厌的城市了！"她装出一副得以解脱的样子又补了一句。

我陪她过了安检，一直送她上了卧铺。行李安置妥当，她耷拉着头，坐在铺位上，目光直直地盯着窗外。我说拥抱一下吧，她站起来，动作僵硬地回应了我的请求。所有人都朝我们侧目而视。火车将启动的时候，我和她道了声再见，她依然冷冷地瞥着我，像是看清了我的本质。火车徐徐启动了，我下了车，望着她的影子渐渐远离我而去。那一刻我意识到，我们再也不会见面了。

有那么几天，我感到了一种彻底的解脱。那些日子，我天天盼着天黑，像个昼伏夜出的幽灵，在路边的烤串摊前，喝到烂醉，似乎在庆祝单身得解放。我有为数不多的几个朋友。和我一样，他们从南方来，是资深京漂，熟悉这座城市的每寸肌理。他们说起这座城市，如数家珍，他们甚至知道这座城市平均每晚将有155人出生，99人死亡，而这些生命大多开始或结束于这座城市医院的共94735个床位上。我觉得他们熟悉北京，比自己家乡还要熟。酒精带来的短暂麻醉让我感到无比的充实和虚空。我们在深夜坐在马路牙子上，干号着汪峰的《北京，北京》和崔健的《一无所有》，一路踉跄着各自回家，回到空无一人的房间。李蕾一定是将我内心里的某个东西带走了，几天过后，这种空缺感愈发强烈，我开始感到了难过。

3

一个星期后，老康果然没有食言，给我带了米和蔬菜，还顺便带了杆鸟铳来。有了鸟铳，我心里顿时踏实了不少。夜里常听得见野兽的怪叫，有时在山林，有时感觉已经逼近屋前了。有天清晨起床撒尿时，发现一团黑黑的东西从我眼前忽地一闪而过，钻进了林子，吓得我一哆嗦，差点尿了一身。林子里成天响彻着遮天蔽日的鸟叫声，密集的啁啾声一大清早就把人闹醒。老康浑身湿漉漉的，他说外边下了两天的雨，河水差点漫过独木桥了，问这边下没。我说下了点，不过很快就停了。下雨天，我就猫在屋里烤火。将火塘烧得旺旺的，围着火看书。劈柴偶尔炸响一下，火星连串跃起，直冲屋顶去了。我享受着这难得的平静。看书，烤火，打盹，一天的时间可以无限漫长，直到我想结束的时候，闭上眼往被窝一钻为止。再也没谁来打扰我了。我可以安心地做自己想做的事情。那些依附于身已久的陋习与怪癖，在新的环境中仿佛得到了彻底的涤荡。我甚至再没有失眠过。在梦中，我总是在奔跑，奔向陌生的山谷、河流和麦田。梦中的天空湛蓝如洗。那些曾经屡屡光顾我梦境的阴霾、追杀与犯罪的场景，再也未曾出现。我甚至一次也没梦见过广告公司、难缠的客户、垃圾短信和彻夜排队的楼盘开售活动。那些令人生厌的东西终于可以从我脑海中清场了。每天我按时醒来，精神饱满，令我饱受折磨的失眠症终于消失了。天气晴朗的时候，我甚至重拾了多年前的习惯，开始记日记。有天晚上，我梦见自己重写了那本失散了的手稿，成了一个作家。我梦见自己坐在西单图书大厦，大批的读者包围着我，我应接不暇地一个个开始签售。我是当过一阵子的文青，非典时期，我没在学校，而是躲在怀柔的一个乡村，借住在友人的一间小房子里，昏天暗地地写了一个多月，完成了四十多万字的青春文学的手稿。现在想来，依然觉得有些疯狂。那部不知所云，纯粹出于青春荷尔蒙冲动的长篇差点要了我的命。我咳嗽，发高烧，以为感染了非典。友人那阵子出国了，留我一人终日足不出户，买了几大箱方便面和香烟。没有人知道我感冒的事。我想象自己是一个和死神赛跑的人，想象自己是向医生询问还能活多长时间好继续完成《人间喜剧》的巴尔扎克。我像要向那本书献身一样，每天一张开眼，就沉浸在小说的情节之中，快乐并痛苦地燃烧着。那时我有成名的欲望，想象这部作品问世之际，一举成名的盛况。稿件快要完成的时候，我差点大病一场，一天中午去村里小卖部买香烟的时候，剧烈的咳嗽声吓着了女店主。我一离身，她就报了警。那时我刚泡好方便面，橐橐的敲门声便响了。我看到几位"全副武装"的医护人员站在门口。一量体温，他们直接当我是非典病人，送进了医院。

说来就是那时认识小乌的。

我在医院里被观察了一个礼拜，直到退了烧，方从非典的恐惧阴影中挣脱出来。小乌是医院护士，她观察了我一个礼拜。她问我，是不是某校农学系的。我错愕地点了点头。她"全副武装"，透过镜片，我看见她似乎微笑了一下，像是印证了刚才她大胆的猜测。

稍熟络点后，她告诉我，原来她曾经去过我们学校，一起联谊搞过一次活动。

"我知道你写东西，写得不错，在你们校报上曾拜读过你的大作！"即便戴着厚实的消毒口罩，我也能察觉到她的笑容。

"幸会幸会！"我有些尴尬地应承道。

"可没想到在这里见到你这个大帅哥了！"她收住了笑容，换了一副正儿八经的模样继续说道，"幸好不是非典。"

"怎么称呼你？"

"叫我小乌吧。"她说。

一个礼拜后，我的烧退了，查明后是虚惊一场，可以出院了。我记得那天回来的路上，心里总是隐隐地感到不安，像是有什么事要发生。一进门，我就知道是什么事了。放在桌上的手稿不翼而飞了。我找遍了房间的角落，也没有发现手稿的影子，哪怕一片纸也没留下。我不知道是谁拿走了那沓稿纸。晚上，我虚弱不堪地躺在床上，一口一口地往嘴里灌着红星小二。酒从嘴角溢出来，混合着眼泪，我颓然地感到整个人生都他妈的完了。四十多万字的稿纸，摆在案头有些唬人。我甚至连书名都没来得及定。我真想杀了那个偷手稿的人。我发了疯似的，四处打听和寻找。村子里的人都用异样的眼光看着我，觉得我一定是脑子出问题了。那段时间，我消瘦得厉害，镜子里那个蓬头垢脸，胡子拉碴，形销骨立，一米八的个头瘦得只剩56公斤的人还是我吗？

因为失散的手稿，我不得不重返医院，设法找到小乌。除了那天来到我房间的几位护士，我再也想不起谁能动我的手稿。她见到我，有些惊喜。我只好把缘由向她说清楚。

"这部手稿对我很重要……"我咬了咬下唇，望着她说道。

她二话没说，开始四处帮我打听。她竟然寻到了那天来我房间里的医护人员。

"能帮你问到的人，都问了，都说没有……"她的语速慢了下来，仿佛担心这个结果让我一时半会受不了。"我猜人家也不会拿，人家那会儿当你是非典病人呢，这手稿人家敬而远之都来不及！"她说的倒也是实话。排除了医护人员，最后一点线索也断掉了。这个打击让我万念俱灰，成天游荡于郊野，不知道下一步该怎么走。时值毕业季节，大家都开始陆续办理离校手续，忙着找工作和道别。只有我像个局外人似的，似乎一切都与我没啥关系。

她安慰我，说兴许是有人拿去看，看完就会还回来的。这个美好的期待在七月份的时候，随着毕业季的结束而彻底破灭。我不得不接受手稿丢失的事实。它再也不会出现在我的面前，仿佛压根就不存在一样。

毕业后，身边的同学偶尔发来短信，或在QQ群里彼此交流新工作的感受。那个时候，我通常保持沉默。我等来第一份工作的时候，秋天已经来了。和他们都不一样，我进了广告公司，当了一名广告策划。我再也没有写一个字，甚至羞于向别人提及自己曾经是一个文学青年。唯有小鸟，我们偶尔还保持联系。每回都是她主动约我。我们吃过几次饭。河北邯郸人，身高目测一米五八，略显秀气，说不上好看，但也不讨厌。下岗工人家庭，父母无固定收入，摆了个早餐点，家里还有一个上学的弟弟，小鸟目前在这家医院当一名护士。我对她的了解仅限于此。其实已经足够了。

我们一起爬过一回长城，在京城待了四年多，竟然还给黑导游骗了，说是爬上长城得好几小时，于是坐了所谓的缆车上的长城，结果还没十分钟就上去了。是秋天，风和日丽，带着秋天独有的凉爽，树叶已经泛红。我们站在箭垛前，一起遥望远处的崇山峻岭。有一会儿，我们都停止了交谈。我能听见她微微的喘息声。她的肩头有意无意地往我这边靠了靠。仿佛带着某种暗示。我的手下意识地搂住了她。小乌仰起头，脸颊有些红，和当时的氛围显得很贴切。我若不亲她一口，显得有些虚伪了。我当时就是这么想的。我只想亲她一下，再没别的企图。她的嘴唇很柔软，接下来是舌尖的部分，她在回应着我，蛇一样缠绕着我，我想退出，她紧紧抱住我脸颊绯红地唤了我一声：

"小娄……"

当时我做了什么呢？我有些尴尬地掏出烟，迎风点了。烟熏得我睁不开眼。我感到她的手朝我伸了过来，两手紧扣……然后松开。我们像是什么事也没发生过，接下来，聊起了某某明星最新出的八卦新闻，最后一起下了山，天快要黑了，我们搭末班车回了城。当时我刚搬出学校，与人合租了一个两居室，在北三环附近，她说住得远，我没问具体远到哪，我们在地铁站分的手。地铁呼啸而去，一切都像梦一样。

一天深夜，我被电话吵醒了。电话里传来小乌的哭声。

她说喝了酒，就在我楼下。已经是十一点多钟了。北京的秋天寒意愈深，从被窝里爬起来，我冷得打了个寒噤。实话说，这个电话让我有几分恼怒。自从一起爬了长城后，我似乎在有意回避某种即将成为可能的现实。至少我极少主动与她联系。她蹲在白杨树下，瑟瑟发抖着，手机屏幕的荧光正好映照着她的脸。我走向前，老远就闻到了一股酒味。

"这是怎么回事了？"我一把扶她起来，她一个趔趄，扑到我怀里呜呜地饮泣起来。"她们欺负我……""谁欺负你了？"我说。"室友，她带男友进来……说好彼此都不带异性进来的……"她像受了极大的委屈，没再说话，抽泣声更大了些。哭声在夜空有些刺耳。我只好把她先领进租房再说。

事实上，她已经醉了。她一头栽倒在床，连鞋子都没脱就睡了。像摊泥一样。我打了热水给她洗了脸，她迷迷糊糊地应了声，蒙头继续大睡。半夜的时候，她突然醒来，说很难受。我给她倒了杯水，她一把搂住了我……那是第一回有女人躺进我的被窝，以至于第二天早上洗漱的时候，室友带着男人们心照不宣的眼神朝我不怀好意地笑了笑。

4

这杆鸟铳成了我最忠实的伙伴。每天我背着它，往林子里梭巡一番。有了它，底气就足了许多。每次深夜传来野兽声，我就下意识地抓紧它。已经进入了雨季，房子上盖的茅草已经不足以遮挡暴雨的冲洗，天晴后，我又加盖了两次。我在山那边的清涧里发现了鱼，尺把长一条，花上一个上午的时间，运气好就能钓上来一条。那种鱼天生不爱诱饵，运气糟糕的时候，我连续三天都一无所获。一场雨过后，云雾从苍翠的丛林氤氲而起，给山谷笼上一层白纱。空气中满是氧离子的味道，深深地呼吸几口，整个心肺都像清洗过一道。我大喊一声，它就跟着回应一声，仿佛整个山林都是我的。这种感觉真好，世外桃源一样。没事的时候，我就端着鸟铳往密林里钻，运气好能打到野鸡。将野鸡褪毛，剖开清洗干净，用野芋头叶裹起来，刨个土坑埋起来，上面燃起一堆篝火，一边烤火一边煨鸡，一会儿鸡熟了，从土里冒出一股浓郁的香味儿……就差点酒了。

我甚至打起了那块无人看管的地的主意来。这真是一块好地。这么肥沃的土地，插根筷子也能长出芽来，闲弃在这，真让人心疼。

老康再来，我就向他打听了这块地。

"上次是几个广东人承包的，在这试种，种了些天麻和三七，头两年长势很好，快要收获的时候，没想害了场奇怪的大病，全都烂地里了。"

"没打药吗？"

"打了，但刚好碰上连月的大雨，打也白打，最后都没效果。"

"我猜这地有问题，之前也有人尝试过种党参，结果也是一无所获。"

"那现在这地归谁管呢？"

"名义上是村里的，不过这地方谁来啊，那么远，给人都没人肯要。"

老康走后，我有点动心了。反正闲着也是闲着，还不如种点什么。每天我在这块地里忙活一会，将地里的蓬蒿砍掉，蓬蒿是很好的肥料，几场雨下来，它就腐烂发酵，变成了肥沃的养分。

这真是块好地，种什么收什么。我种了几畦胡萝卜，长势意外地好。当我吃上自己种的蔬菜水果时，甚至对老康的告诫嗤之以鼻来。这儿根本没什么虫害，蔬菜水果没有天然的敌手，压根不要洒农药化肥。想想自己曾经吃下的那些带有农药残余成分的东西，顿时觉得这才是真正的人间食粮。

春雨霏霏的时候，我有了一种将这片土地重新种上药材的念头。这念头很强烈。我自信不比那些广东佬差。说不定他们只是些大老粗，不懂得科学种植。我的自信来源于我大学里选的农学专业。大学四年，虽然吊儿郎当，但是最基本的素养还是懂的。我和老康说了自己的想法。他呆滞了几秒钟，像看一个陌生人一样看着我说："你可想清楚，这可不是闹着玩的，虽说现在药材行情看涨，一直供不应求，但这可是高风险投资，而且一项投资就得二十来万啊！"

我是认真考虑过才这么说的。二十万，可不是想拿出就拿得出的，好比身上的一块肉，全拿出来，我整个人都给掏空了。它是我在北京这几年下来的全部，曾经它也带给我一丝希望。那是在楼市还没这么疯狂之前。我问过老康，那些广东佬每天都住这吗？老康目光中带着疑惑，摇了摇头。"我和他们不同，我天天就住这，我懂它们，我天天侍弄着它们呢！"我仿佛找到了底气。

为了表示自己不是在不务正业，我开始正儿八经开始筹划起这件事来。为此，我特意出了趟山，和村里签了租借这块地的合同。他们像捡了大便宜似的，为这块荒地再次找到主人而感到高兴，我只花了不多的钱就签了合约。接下来我进了趟城，去买了种子和化肥以及相关的书籍。那几天，大概是老康透露了消息，我的家人也得知我去了拉丁的消息。他们想方设法劝我早点出来，甚至扬言要来把我找回去，劝我不要在这不务正业。我自然没法向他们解释，我来这里，是因为我抑郁的缘故。我只能托老康转告他们，我来拉丁，是奔着药材来的。我在这里有梦想，有目标，并不是来虚度年华和逃避岁月。

家人将信将疑，没再来骚扰我。

我在拉丁雇了二三十个老汉，帮我进去挖地和薅草。浩浩荡荡的一群人，扛着锄头箩筐进了山，像是去干一件新鲜事儿。几天后，偌大的地里沟壑纵横，都种上了天麻和三七，蔚为壮观。他们干完活，我让老康给他们结了工钱。老汉们对我充满了好奇，眼神中夹杂着玩味和几许不解。干完活，我打发他们都出去了。

山里又回归之初的寂静，所不同的是，现在陪伴我的不仅仅是画眉、山涧和白雾，还有这百来亩的药材。像赌博一样，我将所有的赌注都押在这上面，期待它们冒出新芽，开出梦想之花，结出希望的果实。

我开始感觉到了心态的变化。刚进山那阵，我只想将内心里那些乌七八糟的东西赶紧释放出去，洗涤得越干净越好。而现在，仿佛一颗空空荡荡的心，开始了某种期待与守望。这个举动很疯狂，几乎没有退路。

5

一连几天，我都在做同样的一个梦。我抱着一个婴儿，从医院的走廊出来，孩子已经死了。我不知道自己是去安葬他还是要把他带回家里。我的身后总是响彻着女人撕心裂肺的哭声。在梦中，我一刻也没回头，硬着心肠，一直让自己消失于车流熙攘的大街。

醒来的时候，我感到烦躁不安。已经记不清李蕾是多少次出现在我梦中了，和她一起出现的，还有两个被我们杀害的婴儿。确切地说，是我们的两个孩子。

流掉第一个孩子的时候，我们站在崇文门车水马龙的街头发过誓，发誓要在这座城市扎根下来，再也不让这种悲剧在我们身上重现。这个誓言几乎没含金量。一年尚未到尾，我不得不再次接受这个令人沮丧的答案。那是一个灰蒙蒙的冬日，小得像个咸蛋黄的太阳勉强挤出雾霾，露出了一抹惨淡的红。天桥那头就是同仁医院。我们排了整整两天队，不过是去做一个简单的人流手术。这是我第二次陪同一个女人去挂人流的号了。这种感觉让我感到几分羞惭。第一次还历历在目，是在一家偏僻的私人医院做的，也是在冬天。我们转了几趟公交，才找到那家毫不起眼的三层小楼。那次人流给李蕾心里留下了永恒的阴影。坐诊的是一位头发雪白长了副慈祥脸的老妇人，架着金丝眼镜，嘴角始终挂着职业性的微笑。她诱导性地问了她好几个私密的问题。我在不远处的走廊尽头，打开窗户抽烟。医院很安静，李蕾压低了声线，我还是听见了。她的回答让我感到几分愧恶。我狠狠地将烟蒂摁灭在窗台上，使劲一弹，弹出丈八远，正好插在一团残雪上。我就是那时看见那只白鸽的。它蹲在烟蒂的旁边，翅膀好像受了伤，正瑟瑟发抖着。我们的目光相遇的那一刻，它似乎想着要逃，扑棱扑棱，却只挪动了几尺远。它绝望地处于我的目视之下，索性耷拉着头，面对着脚下的一堆脏雪，像已臣服于自己的命运。我朝周边看了看，没别的鸽子了。四周全是灰扑扑的建筑，连树木也是灰扑扑的，了无生气，映衬在阴霾的苍穹下，让人倍感压抑。我一根接着一根地抽烟，直抽到嘴巴发麻。手术室传来女人的哭声，门开了，最先走出来的是护士，随后我看见了李蕾。她的长发低垂了下来，贴着脸颊，脸色苍白得可怕。她一手扶着门框，一手提着裤子，裤头尚未系好，差点要滑落下来，露出半瓣雪白的屁股。我脸一热，赶紧向前一步，挽住了她。她趔趄了一下，差点滑倒，像根软塌塌的面条倒在我怀里。

后来失眠的很多个深夜，我脑海中都会不由自主地浮现出那天的场景。她软绵绵地朝我扑了过来，如同找到了一个投靠。而我无力接住她，摊上了一个大麻烦似的，只想甩手走开，逃离这个令人厌憎的地方，一个人走得越远越好。

我还记得李蕾第一次抽烟时的样子。那天晚上，我们看了场电影，很晚了，我们依然在等末班车。是很冷的冬天，站一会儿，脚都冻僵了。她说要不打车回家吧。我没作声，在一旁抽着烟。末班车等了许久也没来。我们只好打车回了家。因为那忍着寒冷白等的十几分钟，她回来就发了火。

"不就为节省那十几块钱吗，有这个必要吗？"

她仿佛点燃了我。

"就是了，怎么的？"我的火气腾地冒了上来。

"那也没用，跟着你，反正这辈子甭想买房子，你就一辈子租房住的命！"

那一刻，我们都停止了争执。空气仿佛凝滞，这句话像抛出的矛，狠狠地刺中了我，也连带着伤到了她自己。她意识到这句话的分量，却不知怎么收尾好，索性一把抓着桌上的烟盒，掏出一根点上了，重重地吸了一口，片刻我就看到了每个头回抽烟的人必然经历的狼狈相，她剧烈地咳嗽着，眼泪都咳出来了，弯着腰，将头深深地埋在怀里。不一会儿，我听见了她嘤嘤的啜泣声，夹着烟的手在微微地颤抖着。我走过去，接了她的烟，捻灭在烟灰缸，她扑在我怀里，向我道歉说刚才不是故意的。

她这么说，倒真让我难过了起来。

我给不了她什么。甚至是租间像样的单间，都要精打细算半天。在崇文门那阵子，算得上是我们最为颓败的时期。我们挤在逼仄的隔断间里，摆了一张床后，连张桌子都塞不进了。隔壁是对情侣，说什么都逃不过我们的耳朵。大到他们争吵拌嘴，小到他们吃饭接吻和爱爱。这些声音很长一段时间让李蕾感到难为情。晚上的时候，她不得不戴上耳机。我相信，隔壁也一样听到了相同的声音。有天晚上，他们为了回不回老家发展的问题，大吵了一架，甚至动了手。一记响亮的耳光宣告女人的凄厉的哭号来临。他们闹了大半宿，女人的哭声愈发弱了下去，天快亮的时候，我听见隔壁传来的女人的呻吟声，那种再熟悉不过的声音还是让我感到心跳加速。这种方式我也曾经尝试过。和李蕾吵翻后，我们默不作声，两具互怀敌意的躯体，碰撞在一起，直到发出和解的声音。好几次，我们都心照不宣地选择了这种方式重归于好。

完事后，李蕾通常沉默地坐在床上，一言不发，从桌上的烟盒里抖出一根烟点燃。我一步一步地看着她吸烟的动作从笨拙到熟练。她已经无师自通，能张嘴就吐出一个个浑圆的烟圈来，连珠炮似的。这不足五平方米的隔断间里，被她一个接一个的烟圈所占据着。她目无表情地盯着我，或者墙壁，一根接一根地抽着烟。那真是一段暗无天日的时光，想想就令人沂丧。看不到任何希望。

6

这些药材长势良好，比我想象的要好得多。它们从没害过病，大大出乎我意料。我时刻观察着它们，每天薅草，定时追肥，时刻留意虫害。外边的药材行情一路看涨，据说每个月一个价。甚至已经有外地的收购商得知了我种植药材的消息，提前就打了招呼。一切都顺利得出乎人意料。连老康都换了表情，有些艳羡起我当初做的这个决定来。每天我都要围着我的地转上一大圈，累了就坐下来吸根烟。我的头发越来越长，我只得找根绳子将它束起来。有天我在水面上看见了自己的模样，邋遢的头发，乱糟糟的胡子，如此糟糕的形象属于我，如果不是定睛看，我以为那一定是别人。那个我如此陌生，带着一股子脱离文明社会的野蛮味，仿佛已经早已告别人间烟火。

就是那天起，我暗自下了决心，不干出点名堂，决不出山。

我为重新燃起的梦想隐隐地激动着。老长一段时间以来，梦想这个奢华的话题令我感到无比厌憎。就像我憎恨那套虚伪的社会法则一样。

有天夜里，我梦见自己咸鱼翻身，药材丰收，卖了一百万，大赚了一笔。我几乎是笑着醒来的。屋外正下着大雨，电闪雷鸣，透过窗户，我看到一道道强烈的闪电像上帝执鞭，愤怒地抽打着天空。我将被子裹得紧紧的，梦里的喜悦顿时荡然无存。那个晚上我再也没合眼，内心反而充满了焦虑，这么大的雨，将我心中那团刚刚复燃的火浇了个透心凉。

我的地会不会遭殃？天刚蒙蒙亮，我就跳下床，冲往我的地。还好，尽管有些损失，但总体来讲，已经逃过一劫。

大多数时间，我是无事可干的。带来的书早已读完。刚来的时候，我还每天认真写篇日记。随着时间的推移，该写的东西越来越少。每天的日记渐渐变短，到后来，一个字都不想写。翻来覆去都是一些重复的东西，起床，吃饭，干活，睡觉……看着都有些厌烦。在城市的时候，每天都有做不完的事，忙得像个陀螺，想让自己慢一点，歇一歇，都是奢侈的梦想。可没想到，真的歇下来了，又有些莫名的恐慌与空虚。唯有这块地是我的意义所在。它让我坚持了下来。

我开始怀念那些忙碌的日子，怀念城市的喧嚣与灯火。当我开始思念这些喧哗之物时，其实已经被孤独折磨得奄奄一息了。孤独，成了我大多数时间无法打发的主题。空无一人的山野，大喊一声，唯有回声忠实地呼应着我。有天我在房子外边看见了一只蜗牛。它潜伏在阴暗的灌木丛中。我如获至宝地将它带回了家，装在玻璃瓶里。和那些清风、明月、松涛不同，它是活物。我滔滔不绝地和它说了一上午话。蜗牛的触角在透明玻璃瓶里碰来碰去，显得有些不耐烦起来。那是我说过最多的一次话，我已经很久没说过话了，一下子成了话痨。两天后，它就一动不动死了。死亡，是它唯一可以反抗我的方式。接下来我只能喃喃自语了，在山涧，在林野，在地里，在树上，我开始变得絮絮叨叨，嘴里净重复些废话。

　　无聊透顶的时候，我去捉树蛙，用荆刺将它们开膛破肚，处以凌迟；有天我碰见两条蛇在交配，捡了块石头，将它们砸成了肉泥。它们死后的身子依然紧紧地缠绕在一起。我变得越来越烦躁不安，体内像安装了一个引爆器，随时都会爆炸。我会面向一片虚空，无缘无故地发出怒吼，或大声地呼喊自己的名字。咆哮是我最常用的发泄方式。

　　有几次，我竟然梦见了小鸟。

　　我的第一次给了小鸟，她不是。这也是后来我心里对她有些芥蒂的原因。虽然那晚她喝醉了，但并不妨碍她下意识地做出本能的反应。我的第一次笨手笨脚，以慌乱而告终。然而第一次的经历永生难忘。这位看上去瘦弱的女孩身上迸发着一股令人吃惊的力道，像蛇似的紧紧地缠了上来。在梦中，我又体会到了这股力量，她让我着迷，如痴如醉。这是我短暂逃离孤独的办法。有时想着小乌，有时则是李蕾，反复回味着她们的不同。我甚至幻想着她们俩一起出现在我面前的场景。这种念头越强烈，对孤独的体验就越深。我梦想她们马上来，然后极尽疯狂。每晚我都被这种念头折磨着，直到东方发白也难以安眠。在黑暗中，我不厌其烦地数着绵羊，带着极度疲惫，才能睡上一会。而白天，则萎靡不振，像丢了魂似的。

7

我的药材是唯一能给我慰藉的。我看着它们一天天地成长，尽管过程那么漫长。但当梦想一点一点地往所希望的方向发展时，心里便充满了光。它们在支撑着我这具疲惫之躯。

最后的一年，我靠着这种信念一路勉强支撑着。

这一年，我差点丢了命。

那是发生在6月份的事。雨足足下了两个星期，基本没有停歇过。那么大的雨下了这么长时间，我还是头回见。以至于我的房子的一角面临倒塌的危险。天空像撕裂开无数道口子，大雨倾盆而下。这样的天气就连从屋里走到我的地都是很大的麻烦，就更不用指望老康在这样的天气里给我送粮食来了。真不凑巧的是，我的粮食在雨季开始前就已经差不多告罄，按约定，他早就该来了。现在雨下得那么大，想来也来不了了。

那是我第一次体验弹尽粮绝的窘境。大雨把我的蔬菜冲得七零八落，那包铁砂和硝也受了潮，鸟铳顿时变成一块废物。大雨天，我唯一可做的就是生堆篝火，坐在那儿干挨饿。那时我还对老康多少抱有一点幻想，我想每天尽量少吃点，尽量不做什么运动，就这么干等着他来解救我。但直到我吃光了屋里能吃的一切，老康也没来。雨倒是弱了下来，但依旧断断续续的，没有停歇的意思。我必须面临一个严酷的事实，家里已经颗粒无存了。能吃的东西都已经落肚。不能这样坐以待毙，接下来我只能冒雨进入丛林，去赌运气弄些吃的。

最先到手的是那些丛林里的野芭蕉。我将它们割回来，勉强撑了几日。野芭蕉很快吃完了，接下来不得不重新寻找新的充饥之物。运气好的时候，可以逮到几只树蛙和蜗牛。用树枝串起来，架在火上烤，极香。我想我是饿坏了。饿得实在受不了的时候，我甚至吃过田鼠。铁夹子是广东佬他们留下来的，锈迹斑斑，现在重新派上用场。我将夹子埋在田鼠们常出没的地方，用树蛙做诱饵，然后开始了守株待兔般的等待。时间无限漫长，一分钟都拖沓得足够让人崩溃过去再活过来。吃一只田鼠，可以扛两天，这个等待还是划算的。田鼠很聪明，只要挨过夹，同类再也不会在此区域活动。每次只能打一枪换一个地方，后来纯粹就是碰运气了。好运气离我越来越远，坏兆头倒是接踵而至。

雨水一直没有断。我最担心的是那座独木桥，我想起老康曾经的忧虑，说如果遇到山洪，独木桥十有八九会冲毁。没有桥，老康即便有来解救我的心也没法子。他不可能挑着东西飞过来。我不敢想象接下来的事，它只会击垮我的信心和毅力。

头回吃野木薯，把我给整惨了。

发现野木薯的时候，我高兴了好几天。我找了好半天才发现它们。我冒着雨，兴冲冲地挖了一筐回来，煮了一大锅，结果吃完，晚上就不行了。

我不知道木薯食用前必须清水浸泡几天，必须将它的氰苷溶解干净才能吃。那天晚上我上吐下泻，浑身像着了火似的，那团火在体内焚烧，我听见一个声音在体内不停地呼喊：

"结束吧，结束就解脱了！"

我醒来的时候，雨已经停了，窗外有阳光倾泻进来。我虚弱得连动下指头都困难。唯一确定我还活着的，是天花板上的那只肥硕的蜘蛛。它一直在不停地织网。看到它忙碌的样子，我知道我死不了了。我静静地躺着，山涧那边轰然作响的瀑布响了一天又一夜。只在雨水充沛的季节，它才发出这么大的响声。这一天一夜，我都在昏迷状态下，醒来又昏过去。等我彻底醒来时，那只蜘蛛已经不知去向，我看见头顶上方的天花板上挂着一只巨大的蜘蛛网。它已竣工完毕，只需守株待兔了。

老康依然没有来。我拖着虚弱不堪的身子下了床。我的脚一沾地，极度的饥饿感迅速而来，一个趔趄，我又歪倒在地。

8

在最后的几天里，我就吃锅里剩下的木薯。横竖都是死，还不如当个饱死鬼，我当时就是抱着这样的心态的——结果反而没事了。锅里的木薯不知施了什么魔法，突然没毒了。后来我才知道，木薯浸泡了几天，毒性已经消解。每天我就靠着这几小口，躺在床上，等待着死神的光临。

我没能等来死神，却等来了小乌。老康来的时候，距离雨季开始已有一个月之遥。他身后跟着的还有小乌。那时我虚弱得连吃惊的表情都没有了。我抬了抬眼皮，看见已经剪了长发的小乌，她看上去那么陌生，然后我就听见了小乌的哭声。她抱着我哭了起来。

小乌她怎么来了？她怎么找到这里的？我的脑子乱成一团，那时我还处在极度虚弱中，意识依然游离于世界之外。老康解释说外面下了近一个月的雨，独木桥给冲走了，所以等了这么久才来。我静静地躺在床上，听着他一脸苦相，笨拙地解释和道着歉。

她的到来，给我带来了阳光和快乐。那是我人生中最快乐的一段时间。从最低谷冲上了云端。最快乐的事情莫过于意外的惊喜。她在我最孤独的时段，来告慰我枯寂的心灵。很久不见，她的厨艺大有长进。在她的细心调理下，我的身体逐渐康复起来。再也没有什么比怀抱一个女人更幸福的事了。我迷醉于女人身上散发出来的芬香，变得贪婪和毫无节制地索取。我像要把丢失在丛林中的时光从她身上弥补回来。我甚至有些后悔来到此地，在这了无人烟的地方荒废光阴。我内心对她充满了感激，只有她才是真正爱我的，在我最需要的时刻出现。我带她去看我的地。她惊得一愣一愣："没想到你成土豪了！"那几天，我带她走遍了周边的丛林。这儿对她来说，无疑充满了新鲜和刺激感。有那么几天，她天天要我带着她出去转悠。听我给她分享这儿的各种新奇事儿，深夜造访的野兽和丛林深处的怪叫声，把她吓得一愣一愣，钻进我的怀里尖叫。

"你不怕它们吗？"她愕然地问道。

"难道你没发现我才是真正的丛林之王吗？"我带着夸耀的语气说道。

"我可没发现，我来的时候，你已经饿得只剩半条命了。"她戏谑道。

她告诉我，她已经从医院离职，受了施洗，每个礼拜六都会去教堂和其他信徒一起做礼拜，参加他们的集体活动。

"唯有主的恩典是无私和博爱的。"她换了种虔诚的语调，她这么说的时候，我觉得就像面对一个陌生人似的。

"那你现在做什么？"

"做房地产置业顾问。"

她告诉我，自从我离开以后，房价已经疯了。她说出的那个价格，让我感到某种庆幸和解脱。

"知道我怎么找到这儿的吗？"她神秘地扬了扬眉头说。

"我也想知道。"

"全中国有几十个地方都叫这个名字，只有这儿，符合你的个性，我赌你在这，感谢主，果然没错！"说到这，她有些得意起来。"你这副造型，都可以直接去演《启示录》了，回北京肯定是把他们雷死啊！"她建议我把长及胸襟的胡子剃了，那样会更帅些，我没答应。

　　我想象着有朝一日出去的尴尬场景了。他们一定会把我当外星人或猩猩来围观。想当初我一意孤行，那么坚定，打好主意再也不会回这个该死的世界。小乌的到来，扰乱了我的计划。她告诉我国安的最新战绩，新增的地铁线和太阳宫附近新开设的台湾咖啡馆。最后她皱着眉，给我清洗了一大堆臭气冲天的衣服，那些衣服已经大半年没有洗过了，长满了霉斑。

　　丛林的新鲜感没多久她就腻了。开始抱怨起没电，每天晚上只得早早睡下。也上不了网，发不了微博，登不了微信，没法在朋友圈分享我这原始人的生活经历。当然也没有洗澡间和厕所。从北京一下子回到原始人的生活水平，对于她的抱怨和不适应，我一点也不吃惊。

　　小乌一共陪了我一个月。她问我走不走。我迟疑了一会，说：

　　"这还有我的地，那是我的这几年的心血。"

　　"这能卖多少钱？"

　　"一两百万吧！"

　　她有些吃惊，眼光闪亮了一下。

　　那个数字一出口，把我自己也吓着了。我还从没有想能卖这么多的钱。

　　小乌临走前的那晚上，我陷入了疯狂之中。像是将身上的最后一点力气要在她身上消耗完。我想着她早点走，我将重新回到熟悉的孤寂环境当中，我已经习惯了这儿的一切，甚至对外界充满了恐惧。然而我又对这个女人充满了不舍。我乞怜于她的

_____

169

爱，没有她，我又将独自置身于这孤独无边的黑暗里，一人忍饥挨饿，甚至这个世界再也不会有人关心我的生死。我不过是一滴掉入大海的水滴，功不成名不就，死不足惜。这么想的时候，我又害怕她的离去。

9

送小鸟走的那天，我的心异常空落。焦躁的情绪显露无遗。片刻的欢愉过后，意味着永恒的孤寂。她告诉我，她忘不了我。"我会等你回来，我爱你，小娄。"听到这话的时候，我的心猛然怔了一下。就像听到孟姜女对丈夫说出的承诺。然后我看到她眼角溢出的泪水，扑簌扑簌地掉。我一路送她到了拉丁，临别的时候，她试图再次劝我：

"跟我回吧小娄!"

我扬了扬手，制止了她继续说下去。

我说你赶紧走吧，不然就赶不了路了。几个山里的汉子和女人远远地盯着我看，我的模样把他们都吓住了。他们从来没见过头发胡子这么长的人，简直跟野人一样。有人背着我朝我指指点点，像围观一个怪物，将他评头论足一番，然后下了结论，此人肯定是个疯子，要不就是逃犯。

我几乎是逃回了那片丛林。那个世界是如此陌生，和我格格不入，分外隔膜与生疏，唯有回到丛林，才能让这颗慌乱的心彻底安定下来。

我的药材依旧长势良好，到年底就可以收获了。这也是我唯一的寄托。听老康打听，这几年药材的价格都在水涨船高，节节攀升，根本就不愁买家。我想象着卖完药材的场景，钱包鼓胀，仿佛又回到刚来北京那年，整个世界都不在话下。

有那么一段时间，我想是值得回味的。

那是和李蕾恋爱的第一年。她刚从一家广告公司跳槽，去了一家大型外企，当文案策划，工资翻了一番。那是我们最愉快、乐观的时光。好几回在崇文门的街边小巷口吃麻辣烫的时候，我们都聊起过房子的问题。那时我们齐了心，攒了股劲，雄心勃勃，想努力几年，弄个小房子的首付，哪怕是买在通州那边也行。记得加在一起的存款接近二十万的那天，晚饭后我们一起挽着手去广场散步，浑身都洋溢着幸福感，好像已经拥有了房一样。当时我就是这么觉得的。我还从来没见过这么多钱呢。我们每天都拼命地加班，接外活，只想多存点，好接近首付的底线。

正当我们信心满满的时候，李蕾却意外怀孕了。

那正是房价疯涨的时候，一天一个价，涨速快得让人瞠目结舌，晕头转向。好不容易我们筋疲力尽无限接近首付的时候，房价一脚油门，一夜之间又变得遥不可及起来。那段时间，我已经不敢再去看房产中介，深深的挫败感如山一般压了过来。孩子是个累赘。在这个问题上，我们几乎没有争执，默默接受了现实，毕竟她在最不该来的时候来了。

看见那个卖鸽子的人，是回家的路上。就在医院对面，一条简陋的胡同口。一个戴着雷锋帽穿着笨重棉服的男人，叼着烟，熟练地褪毛、剖解，剪刀使得比医生的手术刀还熟练。地上满是褪去的羽毛和鸽血。关在笼子里的鸽子眼中放出可怜之光，它们可能已经意识到自己即将面临的命运。我顿时想起医院平台上的那只受伤的鸽子。它似乎想着要逃，扑棱扑棱，却再也飞不起来。那几尺的距离，是它最接近天空的高度。

那真是难忘的一天。我们彼此都不说话，生怕一言不合，就点燃了火药桶。上天桥的时候，一位常年在这附近乞讨的老翁坐在台阶上眯着眼打盹，脚旁放着一个洋瓷碗，里面放着寥寥无几的钢镚。李蕾走到老乞丐前，她蹲了下来，从坤包里抽出一百元放在老乞丐的洋瓷碗里。我没看错，是一张崭新的百元大钞。我以为她疯了。她什么话也没说，站直身来快步上了天桥。留下目瞪口呆的老乞丐和诧异的行人。

想起李蕾的时候，每次心里都会痛一下。这不仅仅是一起有过两个孩子，更重要的是，我们曾经一起心怀过同样的梦想，一起为之奋斗过。每当想起那段经历，我的心都会不由自主地颤抖，然后就是无边无际的哀愁与伤感。我们曾无限接近于那个梦，眼睁睁地看见它一步一步地远离而去，一切破碎，一切成灰。

10

我的失眠症不知何时又悄然回来了。这叫人绝望。曾几何时，我以为战胜了这个恶魔。特别是在这丛林的两三年，它消退得无影无踪。每晚我都枕着松涛入眠，在这儿，没有任何东西能干扰到我。

然而失眠和焦虑在这个冬季频繁地光顾。老康告诉我，今年的冬天似乎和往年有些不大一样。

　　"冷，这儿从来都没这么冷过。"他穿着笨拙的羽绒服进来的。

　　我倒也不怕，再冷能冷过北京？我准备了足够过冬的劈柴，将房屋加盖了一层茅草，又缝补好漏风的窗纸，老康也带来了充足的粮食。我担心的，是我的这些药材。老康说，年前就可以叫人来收购了。但药材贩子最远只到拉丁。我叫他到时多叫些帮工来，帮忙挖出来，运到拉丁去。老康满口答应了，说要得。刚好过年，外出打工的年轻人也都回来了，劳动力是不成问题的。

　　干完这些，我踏实了不少。

　　现在最困扰我的，是失眠。彻夜无眠。一会儿想着小乌，一会儿想着李蕾，一会儿又担心起药材无人来收怎么办。好在白天精神萎靡也没有关系，反正大冬天的没什么事，坐在火堆旁打盹，掰着手指头算日子，挖药材的时间一天天地逼近了。那几天我吃不好，睡不香，仿佛有什么事要发生。期间老康又进来了一次，问他帮工的情况怎样了，他说大部分得年底才回来。

　　"冇卵事呢，放十二个心吧，都包我身上，等那群后生回来，吆喝一嗓子，随便就是几十个，一两天准给你弄完。"

　　老康走的那天，天气晴好。第二天便变天了，下起了毛毛细雨，此后天气越来越坏，老天就没再开过眼，每天都是湿冷寒潮的鬼天气。我隐隐约约有些担心起来，察觉有些不妙。离过年还有一个礼拜的时候，天气更糟糕了些。这时老康来了。

他身后跟着七八个老汉，比他还老。

"你不晓得吧，南方冰雪灾害呢，听说百年难遇，现在高速公路，火车都封了，一步也走不了啦，后生们堵车上都两三天了，还没吃没喝的！你讲老天害人不害人？"

这结结实实给了我一棍子。我可没想到情况是这样子的。带来的老汉倒也不多废话，埋头就干起活来，晓得这天气的厉害。这些娇嫩的药材，这样的天气里，挨不了几天就会冻烂，腐化掉，变成一堆肥料。坏运气始终在我身旁徘徊，腊八这天，上午竟然下起了冰雹。即便是这些老汉们，也很多年没见过冰雹了。更要命的是，下午时分，一场蓄势待发的大雪，飘飘扬扬地落了下来。真是一场大雪，即便在北京，也是罕见。鹅毛大的雪从午后就没停止过，一直下了整夜。半夜的时候，被大雪压垮的树枝噼里啪啦地响到天明，放爆竹似的。第二天大家哆嗦着起来时，发现整个世界已经被白雪厚厚地覆盖，已经分不清哪儿是哪儿了。那一刻，我体会到了什么叫功败垂成，我离成功曾那么近……我只差点没当着面哭出来。这就是我的命。

雪依然在下着，经朔风一吹，变了硬雪，滴水成冰，到处都挂着长长的冰凌条。那些老汉们个个惶然起来，活这么久，他们极少有人见过雪，更何况这么大的雪。他们已经顾不得挖药材赚那份工钱了，还不赶紧撤，大雪封山，估计能不能回家过年都成了问题。

他们叫我一起撤，我拒绝了。

死我也要死在这里，死在我的地里。这儿是我最后的阵地，是我的战场。我了无牵挂，坦坦荡荡。那些财富，信仰和爱情以及尊严，在这场百年难遇的大雪面前，毫无价值。

11

小乌再没回来，然而我将必须回到她身边。一个月后，冰雪开始融化。老康找到我，当时我正坐在一棵树丫上。他问我在干吗，我说在钓鱼，你说话小点声。他惊愕地望了我一眼说地里哪来的鱼？

"你下来我有话要跟你说。"

"什么话，我今天还没钓到一条鱼呢！"

"你要当爹了！"

"母亲是谁？"

"小乌，你那位小乌给我打电话让我告诉你的！"

我扑通一声，直接从树上滚了下来。

"她说回去后才发现怀孕了，她说她是基督徒，不能去流产，要给你生个娃！你还是赶紧回北京吧，待这不是个事……"

我像看一个怪物一样瞪着他，然后爆出一长串浪笑来。我的样子像是吓到了他，他说你冇事吧？我没空理他，在我的地里一路狂奔起来，像匹野马，长长的笑声统统给抛在了身后。我走进我的地里，像走进自己的家园，在雪地上撒着野。然后扑通一声躺倒在自家的大床上。那张床大得无边无际，整个一片洁白无瑕的世界。我腾地坐起来，抓了一把雪，大声吼了起来，整个丛林都在回应着我。我闭上眼睛，世界就排除在黑暗之外。我假装我已经死了。我默数着来自黑暗中的声音，一下两下三下，直到心跳越来越快，快到要从里面逃出来。

原载《收获》2014.4期

《作品与争鸣》2014.9期选载

朱庆和

朱庆和，男，1973年生于山东临沂，毕业于东南大学马克思主义哲学专业，诗人、小说家，江苏省作协签约作家，现居南京。公开发表诗作三百余首、中短篇小说四十多万字，著有小说集《山羊的胡子》、诗合集《我们柒》，曾获第三届"紫金山文学奖"、首届"雨花文学奖"、第六届"后天文艺奖"等。

三个老同学

　　陈朝晖有一个让我羡慕的家庭，父亲是海员，母亲小学教师，已大学毕业的哥哥在省城工作。而我则不然，在铁锹厂当工人的父亲因为偷铁锹回家，结果被工厂开掉了，母亲的眼睛白内障，没钱开刀都快瞎了，两个姐姐念书念了无数年也没蹦跶出去，蹲在家里跟老母鸡似的。整个高中三年，我显得特别忧郁，陈朝晖总时不时拍拍我的肩膀，说，兄弟，有什么伤心事，说出来！

　　我把我爹偷铁锹的事告诉了他。我说："你知道我爹是怎么偷的吗？"陈朝晖说："把铁锹藏在衣服里。"我说："不对，门卫看得很紧，况且铁锹那么大，很容易被发现。"他又猜："从墙上扔出去的。"我说："再猜。"他想了想，说："那肯定是你爹在工厂里把铁锹吃进去，回家再拉出来。"我说："也太夸张了，你的想象力过了头。"他摇摇头，看来是猜不出来了。我就跟他说："我爹在我家和工厂之间挖了个地道，就这样，一把把铁锹从地下源源不断地来到了我家，我爹偷偷地把铁锹卖给别人，结果有人告密，事情败露后我爹就给抓了起来。"看着他惊愕的眼神，我说："这都是真的，那个地道现在还完好无损，等哪天我带你到我家参观参观。"但他还是不信。那就没办法了。

因为他父亲是海员的缘故，陈朝晖经常带一些新奇的好吃的东西过来，比如牛肉干，比如乐口福。乐口福是一种粉粒状饮品，饭前或者饭后冲一杯喝，味道真是美极了，他一般都会与我共同分享。我喝不惯，觉得味道怪怪的。他说，可可味的，很有营养。当时我每星期伙食费只有两块钱，营养自然是跟不上，上课时经常感觉眼冒金星。因此，听到"营养"这两个字，我顿时两眼放光，不管味道多怪，都直着脖子喝下去。后来就喝上瘾了，有时趁他不在，挖上几勺，也不冲，干吃进肚。

作为回报，我也把自己从家里带的东西给他吃。也没什么，就是母亲烙的煎饼，玉米面的，可味同嚼蜡。母亲发现这一点后，就把红薯、大豆、麦皮什么的都掺进去，但味道还是没改善。我把煎饼放在床底的纸箱子里，吃过几顿就不想吃了。但陈朝晖却吃得津津有味，当他遇到草梗、树叶什么的，就一声不响地剔除掉，然后接着吃。我知道，那东西是我那眼力不济的老娘弄进去的。有一次，他边吃边问我："你们家养猪吗？"我说："养啊。"说着，我就把他随手扔掉的东西捡回来，一看，是一块猪粪，干干的，我的脸顿时就红了。陈朝晖却笑笑说："可惜不是牛肉干，没事，没事。"

毕业前，陈朝晖送了我一条皮带，说是他爸爸从布谊诺斯艾利斯带过来的，我非常感动，眼泪掉在了皮带上，就像一滴来自布谊诺斯艾利斯的香甜无比的海水。我把它舔干净了。他问我："如果你考不上，准备干什么。"我说："当海员，跟你爸爸一样。"他说："别干那个，非常苦，一年之中有半年都待在海上。"我就说："那我去贩海鱼卖，只要跟大海沾边就行，我喜欢大海。"我陷入了沉思，仿佛我真的没考中，在权衡是当海员好还是当鱼贩子好。

我把目光从沉思中拔出来，问他："你要是考不上，准备去干什么呢？"他笑着说："你看我这样子能考不上吗？！"是啊，看他胸脯挺得那么高，内敛的傲气喷薄而出，没什么可说的，肯定能考上。他就是这样自信而富有人情味。

正如陈朝晖所说的那样，他顺利地考上了大学。而我，也顺利地落榜了。我又接着连考了三年，但还是被定在原地。我把课本全烧了，祭典我过去的耻辱，然后撸起胳膊准备去贩海鱼了。我发现我们姐弟三个都不是念书的料，脑子里只有我爹挖地道的那点小聪明，但就是那点小聪明也被他老人家给用尽了。

我见到了大海，我把咸鱼从海边带到小镇上卖，从二十块钱起家，没过一阵就已经攒到四五百了。我想把母亲的白内障治好，结果医生说没治了，已经全瞎了。这下可好，母亲的眼中变成了一个天然而混沌的世界，就像宇宙刚刚开始的样子。我觉得这样也挺不错。我就把钱用在了处对象上，我经常带一些贝壳、海螺什么的给我对象，上面插着根管子，能吹出声音来。

后来，我把一些贝壳、海螺、珊瑚什么的小工艺品来卖，结果很畅销，赚的钱也不比贩咸鱼少，而且没污染。后来，我发现搞水族馆利润来得更快，就把挣的钱全投了进去，但小镇的人们不识货，不知道美化生活，对那些只看不买的土里土气的乡野村夫，热带鱼也非常生气，没一阵就给活活憋死了。结果我投进去的子儿一个也没回来。于是我又重新卖起了贝壳与海螺，整天走街串巷，风尘仆仆，灰头土脸的。可是孩子们已经对这种低级玩意不感兴趣了，他们都玩起了游戏机，所以我每天卖不出去几个。

在一个北风呼啸的下午，一个戴着墨镜留着长头发的男人在巷口拦住了我，抓住我的胳膊说，可找到你了，可把我给找死啦。这人是谁？我很纳闷，就对他说，你先把那破眼镜摘下来再说。他把眼镜摘了，原来是孙茂林，老同学，人称"孙老冒"，就这样神经兮兮的人，当年还考上了西北的一所农大。他说道，听说你这几年发了？！我没回答他，而是对他的装束感到很不舒服，就问他，你怎么搞成这样？他连忙解释说，我要组建一个乐团，太忙了，根本没时间理发。我问道，什么乐团？小虎队吗？他一脸严肃地说，我这个乐团不是一般的乐团，而是一个宗教乐团。细问之下，原来当年这个头脑混乱的家伙成了一名教徒。他说，我们找个饭馆吧，可以边吃边谈。他的提议得到了我的认可，我看到他颤抖的嘴唇都快冻青了。

看着菜单，我知道这顿饭不会是他请，就点了道青椒土豆丝，一块钱一盘。他说，这个好吃。菜一上桌，"噜噜"几口就叫他干光了。于是我不得不再点一盘土豆丝。孙茂林问我，你老婆还好吗？我说，不跟我了，跑了。他附和道，我老婆也跑了，跑了好，累赘，耽误事，还是一个人好，想干什么就干什么，你看我现在不是挺自由的嘛，我跟你讲，我那个乐团班子都搭好了，现在什么都不缺，就缺钱了。他倒是直言不讳，听说我在做海上贸易，找我筹措资金来了。我说，以前是做过，赔了，不过现在我可以赞助你几件乐器。说着，我从脚边的纸箱子里拿出几只海螺，吹了吹，都是响的。我就对他说，你听，音质还是挺不错的。我本来是想跟他开个玩笑，谁知他却把海螺接了过去，往包里一装，认真说道，是挺不错的，回家带给我那儿子，小家伙肯定喜欢。

　　孙茂林对我们班每个同学的行踪和底细都非常清楚，并一一细数，顺便还把他所筹的钱数报了一下。

　　我问他，陈朝晖现在怎么样？

　　他叹了口气说："这小子惨了，刚工作的时候处了个对象，据说那小妞长得跟天仙似的，所以他的情敌很多，争来争去，结果叫其中的一个情敌一砖头拍下去，给拍傻了。"

　　"那他现在呢？"

　　"他哥帮着给找了个差事，"孙老冒说，"正在一个工地上看料呢。"

　　这真是出人意料。我想去看看他。我对老板说："结账。"四盘土豆丝四块，九个馒头三块，一共七块钱。妈的，今天的钱白赚了。我生气地对孙老冒说："要不要再来一盘青椒土豆丝？"哪知老板却说道："已经没有了。"

工地离小餐馆不远，四周是铁皮的围墙，几个探照灯在天空往下照着，像一张亮如白昼的网，工人、吊车、挖土机就在网下纷纷忙碌着，清冷的夜晚透着热闹。我记得，好像这工地我时常经过的，怎么就没想到来看看我的老同学呢？

在一个临时搭建的帆布棚里，我们找到了陈朝晖。他穿着军大衣，坐在椅子上，面前堆着一大堆钢筋，听到孙茂林的介绍，就对我说，快来坐。他的语气没变，感觉就像我们刚下晚自习，一起到操场边抽烟来了。但没地方可坐，我和孙茂林只好蹲着。一人一根烟，点燃了。陈朝晖一直在黑暗中，我看不到他的眼神。一个人傻不傻，看眼睛就知道了。于是我拿手小心地拨弄了一下帆布，好让灯光照进来。陈朝晖说："不用看，没小偷。"灯光下我和他对视了一眼，发现他那双眼睛的确不如以前活泛了，有些呆滞。顿时，我的心里有种说不出的难受。

陈朝晖对我说："其实这地方也没什么可看的，但不能缺人，这里的东西你可以随便拿，我经常这么干，当然要趁工头不注意的时候，换点拿花钱，挺好的，真的，待会儿你走的时候拿几根钢筋去卖吧，一点事没有，你说这工地要是不少点东西，我还看它干什么呢？！"说得有道理，到底还是陈朝晖，看工地都看得这么自信，这么有逻辑。我对陈朝晖说："你知道你这叫什么吗？叫监守自盗。"孙老冒接话说："这也叫盗亦有道。"哈哈，看来我们都是很有文化的人，于是三个白痴顿时笑成了一团。

笑过之后，我把孙茂林拉到一边，小声跟他说："没傻啊，这不挺正常的嘛！"孙老冒说："你说一个本科生来看工地，不是傻是什么？你还想叫他傻到什么程度？！"说完，他站到一边撒尿去了。陈朝晖对着他喊："远点，臊味熏人。"孙茂林不得不朝前走几步。再远点。又朝前走了几步。好，站直了，把左腿抬起来，对着墙，对，就这样，开始撒吧。陈朝晖边说边笑，孙茂林当然没听他的话，而是嘴里骂着陈朝晖"你个狗东西"。

看着孙茂林的背影，陈朝晖对我说："孙老冒脑子有毛病你知道的，我发现他还是个大骗子，借着组建什么鸟乐团的名义，整天在骗吃骗喝，看来他神经病是装的，精得很呐！他来找我很多次了，非要扛几根钢筋走，我没同意，你有钱千万不要给他啊，你没给他吧？"我说："没有，我只给了他几只海螺。"这时，孙老冒撒完了尿，嘴里叫着："好冷，好冷。"

我几次想问陈朝晖被情敌拍砖的事，但还是忍住了。我记得，陈朝晖在高中时从没为爱情这个东西发过愁，当时他已经成熟了，比我熟得还要早，但他根本就没想到要去追女生，当然我也没想过，我们都很天真。那时他经常拉着我一起去看录像。晚自习一开始我们就溜出了学校，路过卖香蕉的摊子，陈朝晖问我，想不想吃不花钱的香蕉？我说，那还用说？！于是他看准一大盘香蕉抱起来就跑，他在最前面，像流星火球，我紧随其后，也健步如飞，跑在最后面的当然是那个卖香蕉的老太婆，她追出没几步就被自己绊倒了，然后无可奈何地坐到了地上，破口大骂。半个小时后，我和陈朝晖坐在录像厅里边吃香蕉边看录像，再过半个小时，陈朝晖就对着屏幕叫，不好看，换个带色（shǎi）的。这个提议得到了大家的一致赞同，但老板要求再加两块钱，老板的要求也得到了大家的一致赞同。陈朝晖替我交了钱，于是我们一边吃着不花钱的香蕉一边看着两块钱的录像，没有比这更惬意的了。

我问陈朝晖："你还记得吗？高中时我们经常一起看录像。"陈朝晖笑了笑，说："不记得了。"我反问道："你怎么可能会不记得呢？！要知道那可是一个勇往直前的年代。"

徐立在松城的短暂时光

1

下了火车，又接着上汽车，一路上徐立始终坐在靠窗的位置，陈由挨着她。都很累，没什么话说。

他们热恋的时候，陈由经常在徐立面前提起他的故乡小城——松城——一个自在、安逸、生死由人的地方。她几次想去，他就说，路太远，还要转几趟车，再说家里也没人了，于是皆未成行。结婚的时候，陈由果真没叫他家人过来，父亲已故，母亲早就改嫁，只剩一个哥哥不愿来，怕花钱。现在陈由要回老家处理点事，徐立就从单位请假，主动跟了过来。

到松城的时候，天已经黑了。他们走着回家，夜风有些凉，陈由脱了夹克给徐立披上。陈由说，我哥家不远，就到了。临行前陈由跟他哥打过招呼，因此一进门，就看到了一桌子的饭菜，已经摆了很长时间了。他哥笑着说："菜都凉了，快来吃吧。"声音很大，很热情，但浮在脸上的疲惫在灯光下显得异常耀眼。嫂子和侄子正在房间看电视，他哥把他们喊了出来。

陈由也没介绍，虽然大家都知道谁是谁，但徐立觉得还是有些别扭。饭吃得一声不响，只有陈由跟他哥在说，一问一答，简短的几句话，就看见后者不停地点头。菜的味道很怪，徐立动了几筷子就不吃了。饭没吃完，陈由的嫂子接了个电话就出去打牌了，一抹嘴留下句话："再不去，钱都叫人家赢去喽。"他哥来收拾碗筷，徐立想帮个手，他哥连说不要不要，你们进屋看电视去。电视被小家伙占着，当然没什么好看的节目。徐立不时地抽几下鼻子，陈由问怎么了，徐立说："没什么，困了。"

晚上他们睡侄子的房间。房间很小，六七平米，除了一张窄小的木床，墙边的橱柜上还塞满了许多杂物。陈由从床底拖出来一堆棉絮，铺在地板上。徐立被腾起的烟尘呛得难受，一阵咳嗽，她听到陈由说："你睡床上，我打地铺。"

徐立怎么也睡不着，一直担心橱柜上的纸箱子会突然砸下来。陈由的鼾声也叫她受不了，他到哪儿都能睡，身子一瘫，死狗一样。她闻到房间有股隐隐的臭味，还夹杂着一丝腥臊。徐立起床，把本来关好的厕所门又关了一遍。回到床上，那股怪味道自然还在，游丝一般，直冲她的鼻子。她只好拿面巾纸塞住了两只鼻孔。她感觉像躺在一堆垃圾上面。徐立睡得很浅，迷迷糊糊中，听到了陈由的嫂子开门的声音，还有蹑手蹑脚地四处走动的声音。

2

徐立醒来的时候，听见陈由在客厅跟他哥小声地说话。"她哪是出去打牌？"徐立一出现，他们就不说了。整个上午，陈由都在联系同学，约好了晚上请客吃饭。趁他哥不在场，徐立对陈由说："你爸不是给你留了套房子吗？今晚上住过去吧，在这儿睡不着。"后者同意了。

他们来到街上，去他父亲的房子看看。秋天的阳光普照着小城，寂静而安详。徐立问："上午跟你哥说什么呢？"陈由说："商量给我爸迁坟的事。"

走在一条很宽阔的街上，陈由说："这是松城的主干道，比北京的长安街还要宽，以前窄得很，拓宽时省上拿不定主意，一直报到国务院才批。"徐立笑了笑说："是吗？"看上去，街道已初显形状，只是两边还露着一些残垣断壁。说着，他们拐进了一条小巷，陈由指着街对面说："看到那家店面了吗？我哥开的，专门卖小五金。"徐立朝对面望去，问道："要不要去看看？""不看了，生意不好，快歇了。"陈由说。

快走到街尽头的时候，陈由却突然转身，同时也拉着徐立掉头。过了一会儿，他们重新回过头，继续朝前走。她听到陈由说："刚才我看到了那个坏女人。"徐立问道："谁？哪个女人？"继而，她明白了他所指的"那个坏女人"是谁了。她听他讲过，"那个坏女人"与别人勾搭，最终跟他父亲离了婚。徐立回过头，看着众多的背影，分辨不出哪个是"那个坏女人"。

上了二楼，陈由掏出钥匙，却怎么也开不开锁。敲了一会儿，房门打开了，随即冒出一个乱糟糟的头。陈由进去打量了一下四周，发现格局已经完全改变了，卧室的床上还睡着一个女人，头发散得像只拖把。房间里弥漫着豆腥味。

他问眼前这个乱糟糟的男人："在这儿住多长时间了？"

"快一年了。"乱糟糟回答道。

"在这儿干什么？"

"卖馄饨、饺子，还卖朝鲜小菜，都是小本生意。"

"你知道这房子是谁的吗？"

"知道，我表姐的。"

"你表姐叫什么？"

"叫凤美呀，怎么啦？"

陈由没回答他，推了推北面的房间，问道："这个房间怎么开不开？"

表姐给租出去了，租给一个师院的学生了。

这时，乱糟糟似乎才记起他主人的身份，问陌生人："你是谁？你要找谁？"

陈由说："我就是这房子的主人。"

3

一年前的喜酒，拖到今天才喝到，大家都不打算放过陈由和徐立，拼了命地敬酒。男人们脸红得跟发了情的火鸡似的，他们喝得都很痛快。

徐立附在陈由耳边小声问道："我边上那个孙婷，你真的跟她处过？"陈由说："真的，上高中的时候，不信你问她。"
她当然没问，对这个操着一口夹杂松城土味的普通话的女人，只
是觉得好笑。

李红军说，松城马上要建滨河大道了。这个上学时被称作
"二货"的家伙，制造出质量低劣的洗衣粉、洗发精、卫生巾，
然后把它们像雨点一样砸向松城周边的广大农村，发了些财。这
个发了财的"二逼"说："投资十几个亿呢，省上拿不定主意，
一直报到国务院才批。"徐立一听，忍不住笑了，怎么他们说话
都一个腔调？这个靠质量低劣的洗衣粉、洗发精、卫生巾发了点
财的家伙说："弟妹你别笑，真的是这样，我还朝里投了十几万
呢。"陈由听了，对李红军说："行，二货你行，可我告诉你，
尽管你发了点小财，可你还是个二货。"看来酒喝得差不多了。
这时有人提议要去宾馆开个房，好好闹一闹陈由的洞房。陈由
说："闹个屁。""闹个屁也得闹。"这时只见陈由"哇"的一
声把酒菜全吐在桌子上了，众人感觉被喷了一脸，情绪顿时低落
了下来，看来连屁也闹不成了，散吧。

踉踉跄跄地回到他哥的家，陈由开始发酒疯，又是哭又是
笑又是骂的。好不容易把他弄到小床上去。他迷瞪着双眼说：
"女人算什么东西？"在场的就徐立和他嫂子两个女人，这话分
明是说给她们听的，看来他清醒得很呢。说完，陈由"呼呼"睡
去了。

徐立睡地铺，这次她不是担心纸箱子砸下来，而是担心陈
由冷不丁地吐她一脸秽物。她找来了塑料袋，套到蠢货的头上，

再戳两个窟窿，让他喘气。她重新躺下来，总感觉哪个地方不对劲，味道怪异的房间，浮在黑暗中的套着塑料袋的头，她不知道为什么要待在这么个荒诞的地方？她爬起来去厕所小解，这时听到了敲门声，她就说："有人。"可是那门却突然开了，吓得徐立叫起来："你干什么？！"陈由的哥哥慌忙说："对不起，对不起，我还以为没人呢。"

　　早上，她把厕所发生的事跟陈由说了，并要求住到宾馆去。陈由已醒酒，他说："我哥耳朵不好，听不见，这不怪他，我们都叫他'聋子'。"小侄子插嘴道："我喊他'爸爸'他听不见，喊他'陈胜'他也听不见，只要一喊他'聋子'，他就听见了。"小家伙果然喊了一声"聋子"，这时他哥从卧室出来，问道："喊我什么事？"大家都笑了，很开心。他哥不敢看徐立，似乎对昨晚的事愧疚不已。她注意到，他的头发是染过的，发根很白，整个头看上去就像是雪地上落了层薄薄的煤灰。

4

　　吃过午饭，刘海涛开着小货车，带他们去一个"好玩的地方"。刘海涛看上去挺朴实，话不多，陈由称他"老刘"。车子驶出郊区，只见金黄的稻田在路两边铺开去，阳光灿烂无比，杨树叶子"哗哗"的，闪着光。徐立问老刘，陈由上高中时有没有跟她那个？老刘说，那时陈由追过孙婷一段时间，有没有那个我不太清楚，如果说追过谁就等于跟谁那个了，那我也跟孙婷那个过了。

车子在路边停下来，随即上来一个女孩，看样子还着意打扮了一番，但在徐立看来，她还是有煞风景。一路上，老刘和那女孩有说有笑的。看来他并非是徐立所想的那种人。渐渐地到了丘陵地带，车子一直开到没路可走的地步才停下。朝山上走了一段路，看见一个洞口。此山洞以前是军事重地，因为裁军，军事设施都撤走了，兵也没剩一个，留下来这个山洞。老刘说着，给一人发了个小手电，接着手一挥，说道："进洞。"

山洞里黑黢黢的，什么东西都没有，而且漫长、阴冷，让徐立感到很压抑，那女孩在前面大呼小叫的，更平添了几分阴森。难道这就是老刘所说的"好玩的地方"？真是不可思议。虽然陈由在身边，但徐立却感觉孤零零的，她只想尽快地走出去，可黑暗包裹了她，永远走不到头似的。

终于从山洞的另一个出口钻了出来，大家就像灰鼠一样来到了地上，都兴奋地挠了挠"爪子"。徐立看到山下是一个很大的湖面，镜子一般，心情舒畅了许多。老刘对陈由说，你看这山，这水，多美的地方，我要有钱了非把它买下来不可。陈由没回应，而是看着远处。老刘继续问道："难道你不想把它买下来吗？"陈由把目光收回，说："现在已经是你的啦，你想干什么就干吧。"

来到一个开阔地带，没有荆棘，只有丛生的野草，大家不约而同地坐下来，微风过处，搞得一个个都很有深度的样子。老刘问陈由："这么好的景色，这么好的时光，你说最适合干什么？"陈由刚要回答，老刘就拽着那女孩风一样刮到一边去了。

徐立躺下来，看了一会儿天空。她听到打火机"啪"的一声，陈由点着了一支烟，接着有一缕烟飘过来，淡淡的。徐立歪过头，看着不远处的灌木丛，有几块衣角在随意拂动。徐立又把头正过来，闭上了眼睛，她感觉整个身体好像被阳光照透了，轻盈，无力。再睁开眼时，看到一只气球在飘。

老刘回来后坐到陈由旁边，问道："你怎么回事？吹气球了？！不会享受，不会享受，那感觉，就像白云在做爱，不是在凡间，而是在天上。"

他们在山上玩了一阵，然后下山，偷摘了不少毛栗子，已经成熟了但皮未炸开。接着在山下的农家饭店吃了辣子野鸡，香透了。

5

一觉醒来，徐立看到对面的床上是空的。她看了看手机，快中午十二点了。没想到睡了这么长时间，睡得这么舒服。她喜欢这种舒适的环境，如果可能，叫女佣把早餐端上来，吃完再叫按摩师来按摩一番，那再好不过了。

陈由在床头柜上留了字条，说他出去办事去了，她要是饿了就到餐厅去吃饭。徐立起床，拉开窗帘，看着远处的景色，伸了个懒腰。宾馆就建在松河边上，宽阔的河床，河面上过往的船只，让她入了神。洗漱后，徐立去餐厅吃饭，是自助餐。里面全是人，好像有什么大型会议在召开，每个人胸前都挂着一张红牌牌。吃过饭，徐立想出去散散心，就走出了宾馆。

青石小巷，狭窄而幽长，青石表面磨得光光的，红砖青瓦的房子，走在里面让徐立想起了她的童年时光。她走得很慢，她真想跟擦肩而过的人们打声招呼。

她顺着巷子一直朝前走，不知不觉到了松河大堤，不远处是座桥，有车辆在穿梭。河堤下面是一片树林，一堆堆坟头掩映在树丛中。这里就是他们所说的那条要建的滨河大道，沿线是观光旅游带。陈由这次回来就是要把他父亲的墓地从这里迁走。

堤下已经有人在迁坟了，三三两两的，像是很严肃地啃着一个大馒头。陈由曾跟她说过一个梦，说有一年夏天他父亲来到他的梦中，他看到他父亲被大水淹到脖颈了，他知道他父亲会游泳，但却站在那里一动不动，仰着脖子无望地看着他。第二天，陈由就打电话给他哥，后者说，松河发大水了，父亲的坟头给淹了。徐立慢慢地走着，她突然有了股冲动，就是要找到陈由父亲的墓碑所在。

一个一个的坟头看过去，徐立终于找到了。瘦小的坟包，颜色灰暗的水泥墓碑，她看清了上面的碑文，下款署着"陈胜 陈由 敬立"字样，这应该是陈由父亲的墓地。墓碑上方嵌着一张黑白照片，徐立拿纸巾擦了擦玻璃，已看不清死者的面目。陈由告诉过她，他父亲是突发脑溢血死的，陈由说他父亲这辈子很不容易，临死前把手里三万多块钱给了他哥，房子留给了陈由，说他回家总要有个落脚的地方。

徐立把坟上的野草和枯枝败叶清理掉，又在四周采了一大把野菊花，放到了墓碑前。她似乎看到陈由的父亲正怀抱着那束鲜花。

6

晚上陈由打了个电话给徐立，他正跟几个朋友吃饭，问她要不要过来。徐立说算了。她早早地上了床，陈由回来的时候，把她惊醒了。徐立问："怎么这么晚？"陈由满嘴酒气地说："吃过饭小六非要请我，盛情难却。""小六是谁？""陈国栋，一起玩大的，你不认识。"徐立没再问，接着又睡去了。

徐立醒来后，看到早饭已经摆在茶几上了，陈由正大口地吃着包子。外面天阴阴的。陈由说："吃完饭，跟我去我爸的坟上看看吧。"徐立想她已经去过了，就说："我不太舒服，不去了。那随便你吧。"陈由说完，吃着包子就出去了。

上卫生间时，徐立听到她的手机响了，她以为是鲁健打来的，临来前她曾跟他讲过，这几天她要找个地方静一静，不要打电话给她。电话一直在响，响个不停。徐立一看号码，是座机，就接了，原来是小雯。几年前她们曾经是同事，徐立和她还谈得来，下班后两人时常逛逛街。徐立离开那家公司，她们的关系就自然而然地淡了下来。小雯问徐立在哪儿，后者说："正在外地出差呢。现在跟你说话不会影响你吧？""不会不会。"小雯就说她正在家里待产，心里闷得慌。徐立记得两年前，她就怀上了，难道到现在还没生下来？小雯说她两年前那个流掉了，现在这个也是不小心怀上的，预产期快到了，还不知道生出来将是个什么小东西。"难道她担心不小心生出一只小猪不成？"徐立叫她不要多想，好好保胎。

挂了电话后，徐立觉得有些奇怪，关于她的状况，小雯一句也没问。小雯打电话给朋友或熟人，无非就是想求证一下，她肚子里怀的到底是个什么东西。

天上已经下起了小雨，外面雾蒙蒙的。徐立不想去餐厅吃饭，看了看茶几上的东西，也没有吃的欲望。她剥了一个毛栗子，可怎么也搞不开，于是放弃了。正看着电视，她听到了敲门声。徐立开了门，只见一个陌生女人站在门口，头发上有小水珠。

女人问："陈由在吗？"

徐立说："他出去了。"

"噢，我是陈由的母亲，"女人试探道，"你是他爱人吧？"

徐立点了下头。

女人小心地问道："我可以进来吗？"

"请进。"

进了房间，女人跟徐立谈起来，她说的是松城话，因此时不时问徐立："你能听懂我讲的吗？"女人谈到了陈由小时候的事情，似乎这是为了证明她就是陈由的母亲无疑。这么说，她就是"那个坏女人"了。她说她对不起两个儿子，特别是小由，她知道小由还在记恨她。她说："我今天过来就是想来看看你。"她把徐立的手拉过来，继续说："找到

———
197

你可真是小由的福气，他脾气有些倔，你要多担待些。"徐立能说些什么呢。这时陈由的母亲从包里掏出一沓钱，说这是她的一点心意。徐立连连摆手，结果钱硬是塞到了她的手里。徐立只好说："那我转交给陈由。"母亲说："什么转交？这就是给你们的。"徐立拿着钱，不知怎么办才好。在女人上洗手间时，徐立悄悄地把钱塞到了她的包里。但这早在女人的意料之中，结果钱又回到了徐立的手里。

女人走了，外面的雨没停，天空还是如早晨那样呈灰暗色，时间就像茶几上的早餐，谁也没动过。

7

陈胜站在雾气蒙蒙的河堤上，朝陈由招手。他已经等了一些时候了，也没带雨伞，头发朝下趴着，湿漉漉的，看上去像一瓶墨水不小心倒在了脑袋瓜子上。陈由把雨伞撑过去，两个人就下了河堤。陈胜四处闻了闻说："有股韭菜味。"陈由说："我刚吃的韭菜包子。"

他们在父亲的坟头前，站了一会儿，似乎对那束野菊花感到不解。陈由问："谁放的？"他哥说："不知道。"然后陈由把花扔到一边去了。陈胜问："扔它干什么？"陈由没回答，当然陈胜也没去捡回来。陈由蹲下身子抄写碑文，陈胜在上面撑着伞。抄着抄着，陈由就想哭，等抄好了，抬头看见了他哥一脸木然的表情。陈由擦了把脸，拿了一支烟给他哥，并各自点上。父亲不抽烟，他只是默默地看着两个儿子把烟抽完。

碑文要去给西关的程半仙重新加工一下，再请他掐个日子。在去程半仙家的路上，陈由对他哥说："我准备回去把婚离掉，然后辞职自己开个小公司。"陈胜劝道："要不要再考虑考虑。"陈由说："我都考虑好了。"

在阴暗潮湿的房子里，程半仙对陈胜说："你爸这一生不容易，要写好一些。"翻翻这翻翻那，堆了一堆好词。掐日子加上撰写碑文，一共一百块。陈由把钱掏给他。出了门，陈由一个人去碑材店，叫他哥直接回家了。陈由展开那张碑文，读了读，简直狗屁不通，就拿笔划掉了，只剩下生卒年月。他觉得父亲是一个失败的人，但是他心里爱着他。这已经够了。

办完事，陈由回到了宾馆。他对徐立说："我爸的墓地选好了，等天一晴就迁过去，墓碑是大理石的。"洗过脸，他又说："房子我不卖了，送给我哥了，等迁了坟，我就再也不回这个屌地方了。"

陈由看见角落里散落的毛栗子，把它们收进袋里。

徐立说："我想先回去。"

"现在吗？"陈由说道，"已经没车了，明天吧，今晚你可以睡个好觉。"

明亮的河水，灿烂的庄稼

人间的收成一半属于
勤劳，一半属于爱情
　　　　　——《乡村》

1

17路公交车停了下来，几个男人苍蝇一样扑上去，纷纷拽着从车上下来的人，要他们坐三轮车，不停地问，上哪去上哪去。一会儿，蛋糕被瓜分掉了。有一个戴眼镜的年轻人，看似从外地来的，被一个胡子拉碴的男人拖着走了很远，可死活就是不答应。这是一场毅力的较量，双方一拉一扯，一时难以决出胜负。结果眼镜站定了，拿松山话厉声呵斥对方："天黑了吗？"这句话把胡子拉碴镇住了，后者不情愿地松了手，回应说："没黑，亮着呢。"

　　从大地方来的人，不喜欢被强迫，喜欢自由选择。眼镜看到了站在街边的春雪，拎着旅行包来到跟前，说了个地名，后者立即报上价格，眼镜就拎着包上了她的三轮车。这是中午时分，路上来来往往的车辆很多。经过十字路口的时候，眼镜叮嘱春雪，开慢点，别撞上了。春雪连连说："没事，没事，你坐好了。"过了路口，春雪问道："看你戴着眼镜就知道你怪有学问的，考学出去的吧。"眼镜谦虚地说："哪有什么学问，猪鼻子插葱，也就在外边瞎混日子。"眼镜接着问道："路口怎么不装个红绿灯啊？"春雪回答说："装过一次，结果时间不长，出了条人命，就又拆掉了。"眼镜很奇怪，有了红绿灯，怎么会出人命呢？春雪觉得这个问题很奇怪，说："装上有什么用，谁都不习惯，不出人命才怪，没有红绿灯，从来没出过事。"眼镜无语了，觉得这的确是一个值得深思的问题。

　　到了目的地，眼镜说春雪做生意很地道，要坚持多付两块钱给她，后者却执意给退了回去。于是，眼镜要了春雪的手机号，说回去还坐她的车。这没问题。春雪觉得眼镜真是个可爱的有趣的书呆子。

　　回到镇上，春雪来到街边的饭店，那是她一个远方亲戚开的。每天早上她从家里带来盒饭，放在笼屉里热着，到了午饭时拿出来。此时，饭厅里有两三桌人正在喝酒，师傅在厨房忙着炒菜，烟雾缭绕，喧哗有声。春雪站在笼屉边，看着烧得正旺的炉火，却觉得很安静。那火苗，让她想起了三年前死去的丈夫。他是个煤矿工人，在一次窑底事故中死掉了，是几个工友一起给扒出来的，尸体从底下拖上来的时候，春雪看到丈夫已是血肉模糊，上面裹着煤灰，就像烧着正旺的炭火，火苗子直朝上蹿，突然间她的脸好像被舔了一下。

春雪觉得脸上火辣辣的，拿了盒饭到车上吃。这样既不打扰亲戚做生意，又好照顾自己的生意，有人坐车的话，扣上饭盒就走。

不久前，春雪在一个叫破桥的地方拉人，那儿因为不通公交车，生意赶上门，钱来的特别快。自从入秋，儿子洋洋上了小学，才挪到松山镇上，一来接送洋洋方便，二来离家很近，开车就五六分钟的时间。可是这里的生意却很难做，这么个巴掌大的地方，指甲盖小的行当，就有十几个人来抢。虽然同是一个镇上的人，乡里乡亲的，可是为了一点蝇头小利，却相互攻击暗算，有时甚至大打出手。她亲眼看见一个人拿着尖锥朝一辆拉着客人的车轮上狠命地扎去，一直追赶着，直到扎破胎为止。她的车胎就被扎过两次，开始怀疑是那个人所为，可是后来她却发现，几乎每个人手里都藏有一把，于是春雪离他们远远的。

女人往往给客人一种安全感，待人热情，而且不会宰人。所以主动找春雪载客的人也不少，可有一次，那帮人中有两三个挑头硬是起哄把客人给赶跑了。春雪实在忍不下去了，就骂起来。他们觉得好玩，跟她对骂，带着挑衅，很色情的样子。这时一个外号叫长眼皮的男人给她解了围。春雪觉得这人还不错，两人话语逐渐多起来。

吃过中饭，长眼皮就凑过来，坐到春雪的车上，说找个地方歇歇吧。春雪还没明白这话什么意思，就看见一百块钱塞到了她手上。春雪气得浑身哆嗦，一把把长眼皮扯下来："滚，快滚，什么东西？！"

春雪把自己锁在车里，黯然地看着街上过往的行人。不远处，又一辆公交车停下，车上的人陆续走了下来。春雪心里一直有个隐秘的想法，她始终觉得丈夫没死，而是离开松山到什么地方去了，她多么期待有一天，他也从公交车上走下来。

2

下午三四点钟，太阳已西斜，哑巴牵着牛去村外喂食。现在，整个村子就只有这么一头牛，也只有一个哑巴，哑巴牵着牛走在路上，像是从远古走来的两件古董，锈迹斑斑，沉默相望。

谁都知道，哑巴天生是干农活的料，以前农闲的时候，他在建筑队当过小工，和泥、运石料，有一次从脚手架上掉下来一块砖头，旁边的人喊破了喉咙他也听不到，结果那块砖头毫不客气地把他拍晕了过去，从此谁也不敢叫他去做工了。所以他只能下地，地里的庄稼都听他使唤。现在人们变懒了，收麦子、割稻子都用机器，花钱图省事，哑巴却还撅着屁股、操起镰刀，在地里挥汗如雨。一到地里，哑巴插秧、割稻子比谁都快，他就是机器，想停都停不下来。的确，他种的粮食比谁家的都好，根粗苗壮，颗粒饱满。他是光棍，但人们却都感觉他伺候的那几亩地就是他老婆，地里的庄稼就是他的孩子。

经过村口时，一帮人正抽着烟聊着什么。二富拦住了哑巴，要跟他推掌比定力。有什么好比的呢？哑巴打着手势，意思是，你根本就不是对手。但二富却坚持不让他走。哑巴只好把牛撇在一边，拉好架势。两人一交手，结果二富又输掉了，众人都嘲笑他，想跟哑巴比，你还是回家再吃二年饭吧，哑巴都是很有劲的。哑巴看着众人张着嘴笑，他也觉得挺兴奋的，暂时忘了放牛那一茬。

谁都想跟哑巴说上两句话，他们觉得这是一件很快活的事情。哑巴不会哑语，只是用最土最直接的手势搭着模糊不清的话说，他们有时不懂，意思难免会南辕北辙，但看着哑巴手舞足蹈的样子，大家就像被抹了脖子扔在地上的鸡一样快活。

他们说起了种地，又说到沤肥，再扯就扯到了女人身上，在哑巴面前，这女人自然是他嫂子。肥水不流外人田，那话怎么说的？！小叔子睡嫂子，就好比吃个枣子，那是天经地义。哑巴听了，呵呵笑着，众人笑得更厉害了，有的笑弯了腰，有的笑破了肚皮，有的笑得脖子转了筋。哑巴感觉不对，抬头看见他们的脸都扭曲得变了形，就立即站起来，牵上牛走了。

哑巴拐到了右边的田间小路，牛一边走一边吃着草，样子很安逸，哑巴跟在牛后面，也显得轻松自在。牛不说话，他也不说话，哑巴觉得这样安安静静地待着挺好，他觉得这头牛就像是他的兄弟，自从哥哥走了后，这头牛就成了他唯一的兄弟了。

太阳快落山的时候，哑巴看见长眼皮过来，说晚上七点在镇上的好再来饭店碰头，有事情说。

三

　　当然，这帮男人里面也不是没有好人，春雪觉得来自沟角的小马就不错，温和，懦弱，忍让。他年轻时受了不少苦，现在什么事情都看得很开。也许是跟她从小受的教育有关，春雪不相信世间会有什么神，如果真有的话，她觉得她的洋洋就是她的神。为了儿子，她可以像狗一样活着。春雪这么认为。

　　下午乘车的人少了，春雪就和街边摆水果摊的刘凤梅聊天。刘凤梅准备在她村里买一套楼房，给儿子结婚用。眼下每个村子都在建小区，楼房一盖起来，就跟魔术一样，村庄立马摇身一变成了城市，自来水，暖气片，管道煤气，抽水马桶，真正过起了城里人的生活。刘凤梅劝春雪也买一套，钱不能存着，存着存着就存没了，比魔术变得还快。春雪当然知道这一点。但那五十万块钱，是春雪忙前跑后半个多月从矿上争取到的，一拿到就攥到了婆婆手里。当时婆婆对她说，这是青山的人命钱，可不能随便花，存起来给洋洋上学用。刘凤梅说："你傻呀，那是你婆婆怕你跑了，想拴住你。"春雪想对刘凤梅说，为了儿子，我可以像狗一样活着。但她欲言又止，想起这句话就觉得心里酸酸的，她怕说出来会掉眼泪。这时，那个男人过来了。刘凤梅捅了捅春雪，找你的。

　　那个男人坐上车，春雪发动了车子，开着出了小镇，一直向北而去。路边是一条河，河水跟老人的尿一样，在河底窄窄的一道，乳白色，似流非流的样子。靠近路边的田地有的建起了工厂，有的被砖墙圈了起来，其间夹杂着稻田，间或种着玉米，现在已是收获时节，却给人一种很荒芜的感觉。他们一路无话。

　　早在两个月前，那个男人就搭她的车回家。她看着他从公交车上下来，高大，但背微微驼着，眼神忧郁，手里提着黑皮包。他四处找他的自行车，可是找了半天也没找到。那个男人只好问一旁的春雪，到晏驾墩多少钱。春雪说五块钱。于是那个男人就上了车，给春雪五块钱。春雪推给他，说到地头再给。在车上，春雪想跟他说说话，但他始终不作声，也许是那辆丢失的自行车让他很郁闷。过了几天，那个男人又出现了。一样的装束，一样的眼神。两个人只有两句简单的对话。"晏驾墩。""五块钱。"春雪就带着他一路北去。春雪是个外向的人，什么人都能聊得来。但是很奇怪，碰上他，却怎么也开不了口。耳边只有马达声，似乎静得出奇，春雪甚至以为自己开了辆空车，那个男人根本就不在车上。回头看了看，他正闭着眼。也许是他太累了。春雪觉得车上的人是青山，在外漂泊了三年，甚至更久，有一肚子的话憋在心里，等回家跟她慢慢细说。她被自己突然跳出来的这个想法吓了一跳。

　　不知是有意还是无意，以后每次那个男人都主动坐春雪的车，春雪记不清这是第几次带他了，第五次还是第六次。一看到他，她的心里竟有些慌慌的。但她不想让别人看出来，所以刚才刘凤梅说话的腔调，叫她不高兴。今天她不想带他走，但他已经等在车上了。

　　到了那个男人的家门口，春雪把车子停稳了。那个男人下车，掏了掏口袋，说："不好意思，钱不够，你等一下。"说着，就回了家。院门被他习惯性地带了回去，但没关严，虚掩着。等了半天，也不见他出来。"什么意思？"春雪对着院门自言自语。难道这五块钱不想给了。可是也没有这样赖账的，就在自家的门口。算了，下次再问他要也不迟。春雪左右思忖着。可他为什么不出来呢？那个虚掩的院门是不是他设的一个陷阱？是不是想引诱人进去，然后谋财害命，甚至？！一连串的疑问带着春雪。虚掩的院门是个秘密。院门里面的那个男人是个秘密。

春雪推开了院门。院子中间堆满了玉米，还没有剥皮，小山一样，空气中飘着中药味。春雪屏住呼吸，绕过小山来到屋门口。春雪不知怎么称呼那个男人，就"嗳"了一声，小心翼翼的。屋里没有回声，那个男人却从院子东边的锅屋走出来，手里端着碗。看到春雪，他连连抱歉："真是对不起，忘了，全忘了。"他碗里的东西随之漫了出来，看颜色像是汤药。

那个男人来到屋里，春雪也随之跟了进来。一股味道扑面而来，中药味都盖不住。适应了屋里的光线，春雪看清了堂屋里的摆设，那些家具应该是他结婚时置下的，当时很流行，跟春雪家的一样，但现在看上去很陈旧。春雪猜测，他家的孩子也应该跟洋洋差不多大。这时他拿了五块钱给春雪，然后转身到了西间里屋。

里屋的床头坐着一个女人，在小声地呻吟。那个男人开始喂她药，喝两口吐一口，一会儿她胸前的毛巾就黑了，大概半碗的样子，女人把碗推开了。那个男人起身，站在一旁，垂着头，像是在为那个女人默哀。春雪看清了女人的模样，脸很瘦，因为瘦而显得惨白。女人似乎刚刚意识到有人来，脸色立即变得明亮起来。她费力地抽出枕头，递给春雪，又做了个捂嘴的动作。春雪不解，那个男人小声解释说，她是想叫你，叫你捂死她。春雪被吓得一激灵，像是一股寒风吹进了她的身体。那个男人把枕头拿到手上，重新垫到了她的背后。女人明亮的脸上像突然断了电，重新黯淡了下来。她在等死，可是现在却连死的力气都没有了。

透过这张脸，春雪还原了女人年轻时的样子。如果没有猜错，女人应该是春雪中学时同一届的学生，虽然不在同一个班，也没说过话，但春雪认识她，记得她的样子。多么残酷啊，春雪感觉，她和眼前的这个女人就像开在乡间的两朵野花，也曾有小小的灿烂，但悄无声息，一朵就要凋谢了，她这一朵也必然是同样的命运，只是时间的早晚，也就一眨眼的工夫，没有几个人知道。

不知如何用言语去安慰那个男人，春雪就帮着在厨房烧了饭，炒了菜，似乎是本能的尽到一个女人的责任。他的孩子放学了，果然跟洋洋差不多大，一进门就哭着喊着要钱买校服。那个男人晚上要到钢铁厂上夜班，他答应孩子，明早一准把钱给他借到，但条件是今晚他要把院子里的玉米剥出来。孩子很听话，蹲到一边开始剥了。

春雪临走前，把身上的二百块钱悄悄地压在了那只盛汤药的碗底下。秋天的傍晚，天气有些凉了，春雪却觉得脸上热热的，她把马力加到最大，她想一直开，开到命运的尽头。

4

餐桌上摆着猪头肉、油炸花生米，几道热菜也陆续上来了。哑巴和长眼皮分坐两边，边喝边聊，以纸和笔。长眼皮写道：下午春雪又带那男的去了他家里，很长时间才回来。

长眼皮和哑巴不是一个村的，两个人能走到一起，自然有相同的地方，那是因为孤独，当然他们也有所不同，那就是长眼皮有过女人，哑巴却没有过。有人说，看见长眼皮在村里偷了鸡到镇上卖，卖了钱就在镇上找女人。人们都觉得长眼皮是个不务正业的二流子，都得提防着他。但哑巴始终觉得跟长眼皮很亲，好像几辈子的老伙计。

一瓶酒不知不觉被干掉了，长眼皮酒量有限，估计哑巴喝了小七两，可他还想喝，长眼皮担心他喝醉了付不了钱，就及时制止住了。哑巴结了账，另外给了长眼皮五十块钱，这是他们俩讲好了的。

走出餐馆，长眼皮一头扎进了洗脚房，熟门熟路，临走前对哑巴说："家去吧，你喝多了啥事也干不了。"

哑巴看着长眼皮消失的背影，抽了支烟，然后骑上车出了镇子，却没有回家，而是朝北而去。他要去晏驾墩，教训教训那男的，叫他离春雪远一点，不然叫他吃不了兜着走。天上的月亮，明亮而孤独，照得万物清晰可见，照得哑巴的愤怒也清晰可见。哑巴骑得飞快，感觉他和他的影子在赛跑。

在晏驾墩村头，哑巴把车子锁好，藏在麦穰垛里。到了那男的家门口，透过门缝朝里看了看，院子里的玉米堆挡住了视线。哑巴在犹豫，如果春雪在的话怎么办？哑巴想好了，就对她说，洋洋叫我喊你回家吃饭。哑巴决定爬进去，院墙很矮，没费事就翻过去了。他转身要把院门打开，留好后路，却发现门根本就没上闩。

三间主屋，西边的一间亮着灯，透着微黄的光。

屋里的女人坐了起来，她听到了推门声，就像她一直想象的那样，那人真的拿她来了。她看到一个黑影站在自己面前，嘴里还透着一股酒气，真是香啊。她多么欣喜，"快拿我走吧！"她的苦痛就要结束了，她的灵魂就要随着黑影飞出她的院子，飞出这个小村庄，到一个她从来没去过的地方。

但她不知道黑影怎么带她走，她看到他空着手。黑影说了一句话，但她没听懂。

女人就问道："现在就上路吗？我的孩子正在院子里剥玉米，那么一大堆玉米，他怎么剥得完啊，可是他剥不完的话，他爸爸就不给他钱买校服。"

黑影伸出了手，布口袋一般，看来要收她进去了。女人流着泪说："我想把我的孩子喊进来，他可能是睡着了，我要嘱咐他两句，我喊他，他就是听不到……"这时黑影张开了布口袋，女人顿时被黑暗吞噬了。

5

在回家的路上，春雪突然意识到，洋洋早已经放学了，她却忘得一干二净。该死！春雪狠狠地骂着自己，假如儿子出现什么差池，这日子真是没法过了。到了学校，找遍了教室，也没见到儿子的影子。春雪吓得一下子瘫到了地上。门卫老头连忙扶起她："先别哭，说不定你儿子已经回家了，快回家看看去。"

一进家门，春雪看见洋洋正坐在板凳上看动画片，一动不动，她悬着的心终于放了下来。婆婆埋怨道："这么晚了，哪儿去接客了，幸好洋洋识路，不然叫人给拐跑了，看你怎么办。"公公不让老婆子再说下去，安慰春雪说："没出事就好，先吃饭吧。"春雪知道婆婆本来就不支持她开三轮车，怕她带上洋洋一溜烟跑了。她站起身，本想骂一句婆婆，但忍住了，今天经历了太多的事情，大悲大喜，起起落落的，她要好好整理一下。

青山的父亲年轻时就干了一件事，盖了六间大瓦房，之后迅速老了下去。东头三间给老大，西头三间给老二，中间一道院墙隔开来，老两口一直住在老二这边。自从青山出事后，晚上婆婆就到东头来陪春雪。于是婆婆不由分说就叫哑巴在中间院墙上刨了个月门，这样两家就成了一家了，有什么事也方便来回，不必经过大门。开始，春雪以为婆婆是真心为她着想，怕她想不开，后来发觉不对劲，婆婆晚上不来陪的时候就把屋门从外面锁上，白天她要去哪儿婆婆就跟到哪儿。她看出了端倪，婆婆把这笔钱捏在了手上，假如春雪改嫁，是可以答应的，但钱不能走，五岁的洋洋也不能走。甚至婆婆哭着对她说："你看青山走了，你和洋洋要是再离开，哑巴又是个残废，这家可真就破了。"春雪听着心酸，就把话挑明了，说她不会离开这个家的，洋洋是她的命根子。

春雪穿过月门，头顶上是月亮，茧丝一样的月光罩在她纷乱的心口上。进了屋，春雪把屋门反锁上，这样谁也不能来打扰她，包括月光。黑暗中，春雪就看到那个女人拿着枕头一心求死的样子，那眼神要穿透她。

　　春雪想，其实现在自己也跟死了差不多。青山的突然离去给春雪打击太大，如果不是为了洋洋，她早就想一死了之了。有时她真想狠狠心，带着洋洋偷偷离开这个家。婆婆从一开始就给她下了个套，叫她把脖子伸进去，她挣扎越厉害就会被勒得越紧。青山去世一年后，他们开始给她说上门女婿。相了几回，公婆都没看上。倒是有一个山区的，条件还不错，春雪看上了，可婆婆死活不愿意，说不知根知底，怕是坑钱的主。此后，春雪就不再提倒插门的事。他们最初和最终的想法都是：要她跟了哑巴。用婆婆的话说，"也不是什么丑事"。所以前面张罗入赘实际上只是个幌子。有一次春雪听到婆婆跟哑巴讲："不要跟死驴一样，就知道蒙眼拉磨，要跟洋洋妈多接触，多说说话。"公公问道："一个哑巴，你叫他怎么说？你叫他说什么？！"婆婆意识到了问题的关键，就点破了："嘴巴不能说，就用身子说。"

　　有一天婆婆弄了一桌子菜，把她和洋洋叫过去，公婆和哑巴已经在等着了。春雪问："也不过年过节的，这是要干什么？"婆婆说："自从青山走后，我们一家人还没好好地吃上一顿。"说着，给春雪倒了酒。婆婆硬劝着让她喝了两杯，而且婆婆说了些回忆青山的话，弄得她泪光闪闪。等春雪回过神来，发现公婆和洋洋不见了，只见哑巴在朝自己碗里夹菜，这一定是婆婆教的。春雪起身去拉屋门，外面已经锁上了。春雪觉得很可笑，问哑巴要钥匙，哑巴摇摇头。春雪坐下不说话，看着哑巴，看看他想干什么。哑巴却低下头去，像犯了错的小孩子一样。春雪突然觉得他很可怜，就起身给他盛了饭，也给自己盛了一碗。哑巴没吃，站起来去开门。婆婆没走多远，她听到哑巴在一个劲地晃门，嘴里还在"啊、啊"地叫着。婆婆把门打开了，上前给了哑巴一巴掌："整个巷子都是你的声。"

春雪和青山是经人介绍的，他们不是金童玉女，也非相见恨晚，相互看着顺眼就算把亲事定了下来。相识一年多结婚，两个人有没有爱情，这谁说得清楚？他们就好比一根筷子碰到了另一根筷子，凑成了一双筷子，一起吃饭过日子。特别是有了孩子，她觉得青山成了她的亲人，主心骨，家里的支撑。所以，青山一死感觉房子塌了一样，把自己埋在了底下。

她知道青山再也不会回来了，从公交车上走下来的那个男人不是青山，他有他的生活，她和他只是两个不幸的家庭的偶然相遇，他们的不幸却不能嫁接在一起。她的不幸已经过去，自己还健康地活着，她的洋洋还健康地活着，她庆幸今天在那个男人面前没有慌乱，表现得恰如其分。

还有哑巴。他是多么单纯啊，即使在婆婆的教唆下，也做不好一件坏事。哑巴除了不会说话，看上去就像是青山的翻版，只是脸略黑一些，但那双眼睛却更为清澈。有一次，春雪进屋，看到哑巴安静地坐在角落里，硬是给吓了一跳，她以为是青山回来了。去年夏天，春雪在田里拔草，被包石灰窑的刘三拦住了，他突然甩出五百块来，说要包她一晚，还动手动脚的。春雪回到家一直哭，婆婆追问，才知道事情经过。哑巴知道后，在街上碰见刘三就追打，一直追到他家，拿刀砍烂了他家的大门，算是给春雪出了口气。

春雪摸摸脸颊上的泪水，什么时候流下来的都不知道。

春雪来到婆婆这边，洋洋已经在哑巴的床上睡了。婆婆连忙给她道歉说："我老糊涂了，说话没个分量，你可别跟我一般见识。"春雪说："我饿了。"算是原谅了婆婆。婆婆连忙给她盛饭，春雪说："我自己来。"她边吃边问道："他叔呢？"婆婆说："到镇上跟谁喝酒去了，别管他。"

吃完饭，春雪来到哑巴的房间，把已经睡着的洋洋抱了起来。

6

哑巴把自行车一摔，几乎是同时也把自己摔进了屋里。父母已经睡下了，他们听到哑巴"嗷、嗷"地叫着，跟狼发情了一样。母亲披上衣服，骂了一句哑巴："这么晚，到哪儿杀人去了！"

只见哑巴张着两只青筋暴露的胳膊，在空中胡乱挥舞着。父亲也起来了，扶着哑巴坐到了椅子上，哑巴一身的汗水，还满嘴的酒气。父亲了解他的心事，就说："我知道你是一肚子的黄连有苦说不出来。"边说边拿毛巾给他擦汗。

母亲问他："峰啊，你有什么苦，趁着酒劲全倒出来。"

哑巴就打着手势说了一通。父亲翻译道，他说他不能跟洋洋妈结婚。

母亲问道："为什么？"

哑巴又打着手势说了一通。他说他杀人了，跟洋洋妈结婚会害了她的。

母亲猛然一惊，上下打量着哑巴，看到他浑身干干净净，没有一点血迹。母亲对着哑巴笑起来："你什么时候耳性变好了，刚才是不是听到我说的话了？"

这时，哑巴突然跪了下来，连连磕头，意思是：求求你们，放了嫂子吧，叫她带着洋洋走吧。

母亲明白他的意思，不再需要父亲翻译。母亲骂道："你懂个屁，两杯狗尿就烧坏你个猪脑子了。"

父亲安慰说："傻儿子你喝醉了，快上床睡吧。"哑巴却赖在地上，像一摊烂泥，死活拽不动。母亲说："要不要把春雪喊来，抬他到床上去。"父亲说："这么晚了，别喊她了，先叫他坐着醒醒酒吧。"昏暗的灯光下，哑巴茫然地坐在地上。

以前的生活是多么平静啊，哥哥到葫芦头去采煤，嫂子在白瓷厂捆扎碗碟，父母在家养猪、喂兔子，而他在地里忙活。忙得不能再忙的时候，父母兄嫂还有洋洋都赶来了，笑容洋溢在他们的脸上，他能清晰地闻到田里散发出一种难以言说的气息。春去秋来，寒暑交替，一年年地这样过着。直到哥哥死后，哑巴才闻出来，那气息是幸福。幸福被无情地夺走了，也把日子打乱了，结果是越来越乱。他感觉自己就像是掉进了罪恶的泥潭里，不但不能自拔，反而越陷越深。

有一次，哑巴在春雪屋里看电视，就是不走。春雪实在太困了，说你回去吧。哑巴却一把抱住她，然后摁倒在地上，嘴巴拱啊拱的，像头猪在啃白菜。春雪也不喊，只是拼命挣扎，但怎么也挣脱不开，哑巴那两只胳膊，像螃蟹的两只铁钳子，死死地钳住她，使她动弹不得。春雪眼睛一闭，眼泪突然就涌了出来。哑巴被吓坏了，不知如何是好。春雪趁机爬起来，径直来到哑巴屋里，在枕头底下翻出一张照片，当着哑巴的面撕掉了。照片是洋洋四岁那年青山带母子俩去日照海边照的，照片上春雪抱着洋洋，海风吹得她的头发飘了起来。

　　看到哑巴醉眼迷离的样子，母亲晃晃他。突然，哑巴"哇"的一声，所有的伤心、愧疚和绝望都从嘴里喷了出来。吐完，两位老人觉得哑巴轻了不少。经过一番折腾，好不容易把他搬到了床上去，给他喂了红糖水解酒。哑巴身体不动了，正慢慢地睡去，身上的薄被子在微微起伏。

　　哑巴的枕头底下有一张照片。那是晚上春雪来抱洋洋时放进去的，已露出了一个角。

后 记

李 樯

中国的新文学运动转眼百年，尤其在20世纪80年代，经历了一段几乎"疯狂"的复苏和生长，反思、伤痕、寻根、新写实，现实主义写作扛起文学复苏的大半山河；朦胧诗、意识流、荒诞派、魔幻现实主义等现代、后现代先锋写作揭竿而起。那是一个令写作者向往的文学时代，然而它在文学史的长河里，终究是惊鸿一瞥。

时间推进到21世纪，网络传播和商业化操作，以摧枯拉朽之势，大有欲将"纯文学"彻底淹没之势；玄幻、推理、科幻、非虚构、跨文本，各种新的文题形式持续发酵。然而万变不离其宗，不管哪条道路的探索，文学本体之于人性、语言、技巧、当下的关系，始终是承载着这门艺术向前流动的河床。南京市"青春文学人才计划"项目的发起和实施，正是一次基于文学本体的创新之举。

2015年7月，为扶持优秀文学青年成长，由中共南京市委宣传部牵头，宣传部干部处督导，南京市文联和南京出版传媒集团共同主办，南京市作协、《青春》杂志社具体承办的第一期"青春文学人才计划"项目正式启动，申报范围面向全球华语文学圈。经过由著名评论家、作家、文学翻译、影视等各领域专家组成的十人评审组公开讨论、实名投票，2015年11月，南京市"青春文学人才计划"签约仪式在古城金陵顺利举行，11位来自海内外的青年作家、批评家、翻译家、影视编剧成为签约艺术家，签约期为三年。

三年来，项目取得的成果，大大超出我们的预期。

南京籍签约作家曹寇，生于1977年，是签约艺术家里年龄最大的，也是资历和成果最丰富的一个。三年来，曹寇除正常发表中、短篇小说二十余篇，期间出版的作品有法语版小说集《挖下去就是美国》、瑞典版小说单行本《小镇夜景》，中文版小说集有《风波》《金链汉子之歌》《在县城》，随笔集《我的骷髅》等数部。其短篇《我们发现了石油》获首届《大家》新浪潮先锋实力奖。祖籍南京的作家葛亮，其中篇小说《海上》在《青春》发表后，分别被《小说月报》和《小说选刊》转载，并入选多家年度小说排行榜。这几年，他除了出版有《北鸢》《朱雀》两部长篇，还有散文集《纸上》以及中短篇小说集《小山河》《七声》《戏年》《谜鸦》《浣熊》五部，其长篇小说《北鸢》，更为其斩获国内外二十余种重量级文学奖项。

两人合报一个项目的翻译家安德凯、陶亦然，均是美国人，三年里，他们合力完成了南京作家苏童《另一种妇女生活》《三盏灯》，叶兆言《我们的心多么顽固》，鲁敏《此情无法投递》共四部图书的英文翻译和海外出版工作，成果瞩目。

另一位签约翻译家埃里克·亚伯哈姆森（Eric Abrahamsen），

来自美国西雅图，是中国当代文学英语杂志 *Pathlight*（《路灯》，《人民文学》杂志主办）的编辑总监，同时也是一位卓越的汉语文学翻译家，其签约翻译的项目，主要是南京作家鲁羊的小说作品，其中短篇小说《银色老虎》（*Silver Tiger*），已刊发于《纽约客》2018年6月刊，使鲁羊成为继莫言、余华之后在《纽约客》发表著作的第三位中国本土作者。随着《银色老虎》的发表，美国包括 New Directions 以及 Farrar、Straus & Giroux 在内的数家商业出版社，也对埃里克翻译的鲁羊中篇《九三年的后半夜》的出版，相继递出橄榄枝。

其他各位签约作家、评论家的创作成果，不在此一一列举。在结项评审会上，范小青说，项目有效推动了签约作家们的创作和个人在文学方面的发展和成长，这些成果，就是最好的证明。

鉴于此，项目组决定编辑出版两部签约作家作品集，一部是这部《四重奏》，为曹寇、赵志明、郑朋、朱庆和四位年轻作家的小说合集；另一部是埃里克·亚伯哈姆森翻译过的鲁羊作品中文版合集《鲁羊三篇》，以更大程度地回馈广大读者。

2018年8月22日 于《青春》编辑部